如果可以回到从前

邻城酒肆 著

吉林人民出版社

图书在版编目（CIP）数据

如果可以回到从前 / 邻城酒肆著. —长春：
吉林人民出版社，2016.5

ISBN 978-7-206-12450-1

Ⅰ. ①如… Ⅱ. ①邻… Ⅲ. ①散文集－中国－当代
Ⅳ. ①I267

中国版本图书馆CIP数据核字(2016)第114629号

如果可以回到从前

作　　者：邻城酒肆
责任编辑：郭　威
吉林人民出版社（长春市人民大街7548号　邮政编码：130022）
选题策划：吴雅琴
文字编辑：吴雅琴
印　　刷：北京高岭印刷有限公司
开　　本：880mm×1230mm　1/32
印　　张：8　　字数：100千字
标准书号：ISBN 978-7-206-12450-1
版　　次：2016年5月第1版　印次：2016年5月第1次印刷
定　　价：36.80元

目录 CONTENTS

1. 中了爱情的毒 001

2. 我们都输给了现实 014

3. 爱的代价 027

4. 玻璃心的女汉子 040

5. 我凭什么要等你 051

6. 为爱奔跑的土豆 063

7. 总会有个人替你疗伤 075

8. 当往事化作云烟 088

9. 假如一切可以重来 101

10. 寒冬里的守望者 113

C O N T E N T S

11.丽江故事 126

12.我会记得你，然后爱别人 139

13.珍惜眼前人 151

14.等我长大了娶你 164

15.知有相逢否 177

16.愿你执迷不悟时少受点伤 189

17.妾愿同君尘与灰 201

18.任性，让我们擦肩而过 213

19.世上没有所谓的玩笑 226

20.遇上你，她花光了所有运气 239

1.
中了爱情的毒

薛胖子为了阿妹跳楼成植物人了！

这个消息轰炸了朋友圈，影响力毫不亚于几年前他公布和阿妹妹妹牵手的那天。

薛胖子是我大学时期的上铺兄弟，不过后来因为一包中华烟的诱惑，我又变成了他的上铺兄弟。那时候我们关系并不太好，刚开始我甚至有些看不起他，因为他总是做一些特别有损男人面子的事儿，可能是发育不好没开窍。在我看来，他干的事都极其非主流，说起来我都一身鸡皮疙瘩。比如说大晚上在女生宿舍楼下摆一排排心形蜡烛，然后扯着他那狮吼般的粗嗓子大喊：“阿妹，我爱你……”然而他并没有看见阿妹的踪影，倒是引来了一场倾盆大雨，被淋成了落汤鸡不说，还被宿管阿姨一顿臭骂，然后灰溜溜地收拾那些风雨中的残烛。

这哥们像风雨中东倒西歪的蜡烛，殷勤地为别人燃烧自己，可别人并不需要他这点光亮。

薛胖子的家境并不是太好，父亲是一家停车场的保安，母亲是一家超市的理货员。为供薛胖子上大学，他母亲还经常去饭店做兼职。即使这样，他们给薛胖子的生活费也总是不够。所以，薛胖子的钱包总是很凄凉。宿舍里，除了牙刷是他自己买的，其他东西都和我们共用。薛胖子总是舍不得给自己买包好烟，但舍得给阿妹买一大束玫瑰，最后却被阿妹扔给室友做玫瑰浴。他可以一个月天天啃方便面，但舍得大手笔去贿赂阿妹的闺蜜。记得一次，学校连着停水好几天，阿妹身边的秦丹丹就在朋友圈发了一个“再不来水我就馊了……”的消息，薛胖子就去小卖部买了很多农夫山泉，一瓶瓶倒在桶里给秦丹丹送去。目的就是要秦丹丹劝阿妹也收下另一桶洗澡水，最后被阿妹的室友们暗中称为“薛大头”。

我曾劝他说：“薛胖子，绞尽脑汁追女生是肯定追不到的，你要是真想找个女朋友，再给我买包中华，哥们可以传授一些秘籍给你。”

他像一个富二代般严肃地说：“帮我追到阿妹，你大学期间的中华烟我包了。”

我们都深知薛胖子是拿不下阿妹的，阿妹虽然算不上校花，但在我们系也算是个女神级的人物。撇开颜值的悬殊不说，就阿姝那拒人于千里之外的高冷气质，很多比薛胖子优秀的追求者，往往坚持不了一个礼拜就以失败告终。我们常常开玩笑说，也许薛胖子劳心劳力追上阿姝后就瘦了，因为这一路指不定要经历多少磨难呢！

有一天晚上，凌晨一点多，我们正围在宿舍看电影，薛胖子接到秦丹丹的电话，说阿姝被几个女人围在宾馆打得半死，要薛胖子去接她。薛胖子壮着胆子气喘吁吁地跑到宾馆时，阿姝已经被一个男人接走。据说打阿姝的那群女人，就是接走阿姝的那个男人老婆的小姊妹们。

至此，阿姝和有妇之夫开房被逮个正着的丑闻，在学校的贴吧转发得如火如荼。平时嫉恨阿姝的女同学们，总是在阿姝的后面跟踪着，希望能找出更火辣的料来八卦。而大多数曾经追过阿姝被拒绝的男生们，则骂阿姝是个不检点的女孩。薛胖子则像什么事都没发生过，对阿姝一如既往地做着那些让人看着很傻的事。

此刻的阿姝，没有再拒绝薛胖子对她示好，但也不和薛胖子说太多的话。所以大家可以常常看见一个画面——如果阿姝出门，薛胖子必定跟在她后头，像为娘娘打伞的太监。阿姝从来不回头看薛胖子，薛胖子也不多言，恭敬地将阿姝送到安全地带，然后默然离开……

有一天我去澡堂洗澡，看见薛胖子蜷缩着一身肥肉抱着头躺在地上，旁边一群人还不依不饶地踢打他，骂他傻。我本来只想去劝架，结果被一个戴眼镜的小伙推我摔了一跤，我便和那群人打了起来。后来薛胖子告诉我，打架是因为他听到那些人的言语亵渎了阿妹，便不自量力地冲了上去。我知道后有些懊恼：我干嘛为这种事出头？不过因为我帮他打架，薛胖子把我当成了他最好的朋友。

后来，薛胖子常常给我讲阿妹的事情。他告诉我说，有一天晚上阿妹在酒吧喝得烂醉，打电话让他去接。阿妹看见薛胖子，捧着他的脸一阵傻笑，然后吻了他，说他真可爱。他问我，阿妹这样是不是已经把他当成男朋友了。我觉得我有义务提醒他，阿妹这样的女人犹如毒品，薛胖子是不应该碰的。但是看见薛胖子给我讲阿妹时两眼发光的表情，我觉得应该任由他去犯傻，有的事情，在你想做的年龄不去做，等你真正可以做时，或许就不想做了。着魔是属于年轻人的，既然薛胖子他执念要去做这件事，就让他做吧。后来薛胖子告诉我，阿妹还没把他当男朋友。每当看到阿妹上了那辆卡宴，薛胖子总是趴在宿舍的窗台，盯着围墙外看很久很久。此时的薛胖子背影看上去有些单薄，即使他很胖。

有一次，阿妹和那个男人逛街又被他老婆围堵。她在大街上打了阿妹，还撕烂她的衣服，最后便把她老公扯了回去。薛胖子和秦丹丹赶到后，给阿妹披上自己肥大的卫衣，然后就要去揍那个男人，阿妹拦住他说："薛胖子你没有资格插手我的事情，你走吧。"

薛胖子狠狠抽了自己一耳光，走了一段又退回来。他一路跟在阿姝的后面，看到阿姝进了宿舍的大楼才离开。薛胖子回宿舍后一个星期没说话，每天仰躺在宿舍的铁床上。宿舍人笑说薛胖子终于停下来开始思考人生了，我也认为他该放弃了，不是觉得他和阿姝之间有太远的距离，而是觉得阿姝不值得薛胖子这般用情。

几乎所有人都认为我们男人不是感情动物，其实，男人用起情来，更让人震撼。

薛胖子在宿舍干躺了4天，抽了我10包烟。第五天晚上他突然像诈尸一样"腾"地坐了起来，直勾勾地看着我说："兄弟，我要和阿姝上床，再去揍那个王八蛋一顿！"说完便躺下睡了。我不由得苦笑，他真是着了魔，而且是深入骨髓的魔怔。我想上帝也帮不了他了……

之后很久很久，人们几乎都懒得关注阿姝如何，薛胖子又如何，因为他们之间几乎已形成那个循环，阿姝不顾名节去追赶着那个有妇之夫，薛胖子不顾死活地追赶着阿姝。在赶路的人，几乎都无暇转身看看自己身后的世界。

直到大家都在感伤着大学时光过得飞快的时候，薛胖子突然高调地要请大家吃饭。那天薛胖子像是新婚一样亢奋，拉着谁都要敬一杯，阿姝却坐在饭桌上淡定地吃着饭,时不时对薛胖子说："少喝点。”

那天薛胖子喝得烂醉如泥。那天，他宣布和阿姝正式交往，并宣言，只要阿姝愿意，毕业就结婚。那天晚上，薛胖子在宿舍一直吐，吐完又捂在被子里给阿姝发短信，手指在劣质的手机键盘上啪啪啪地响了一晚上。发完短信，薛胖子又躺在床上嘿嘿傻笑，笑完了又杀猪般地大哭。我们宿舍都默契地原谅他神经质，毕竟谁都知道，这些年，这小子太不容易了。

毕业后，我好几年没见过薛胖子，也没见过阿姝。不知道这些年他们究竟如何。我想，几年过去，曾经那几对令人羡慕的鸳鸯情侣都分道扬镳了，何况是薛胖子和阿姝？

然而，让我没想到的是，这么多年过去了，薛胖子还是那个薛大头，竟然演出这种戏码——跳楼！关键是还没死。这事确实有损老爷们的颜面，但是作为他的朋友，我该去看看他。

我这个人天生不喜欢进医院，我讨厌消毒水的味道，更看不得医院走廊上那些忧伤或绝望的面孔。然而今天，我成了忧伤的一员。薛胖子没死，但不知道会不会醒过来了……

在去的路上我还在想，得为他的不争气好好骂他一顿。但是到了医院，知道他有可能永远醒不过来时，我只剩下难过。我看到薛胖子的父母，他们比同龄人苍老些，话不多，看到我们来只是一个劲地说

“谢谢”。但我却没有看到阿姝。便小心地问：“阿姨，您知道阿姝吗？”

阿姨给薛胖子擦着脸，长长叹了一口气说：“知道……那可是他的命啊……”

我还想问：薛胖子为什么会轻生，他和阿姝之间到底发生了什么，他现在都这样了，阿姝人在哪里……

一大堆疑问，看着这个沉默而可怜的老人，我却说不出话。

有空的时候，我经常去医院看薛胖子，常常给他讲些段子。有时候自己讲完都忍不住发笑，而薛胖子则永远安静地躺在那里。病房里安静得只剩下薛胖子的心电监护仪嘟嘟嘟的响声，此时我有些怀念薛胖子杀猪般的哭声。

医生说薛胖子苏醒的概率还是挺大的，只是时间问题。应该多找些关键人物来刺激刺激薛胖子，这样有助于他苏醒。这时候大家都不约而同地想到阿姝。于是，我觉得我应该去拜拜这尊神了。

我从警察那里得知，阿姝在一家妇产医院。我纳闷地来到这家医院，看到阿姝躺在床上，旁边是一个婴儿。看到孩子，我的很多粗口也爆不出来了。唉，想骂个人咋就这么难？

阿姝哭着说：“那天要跳楼的不是胖子，是我。”

我几乎跳了起来：“你怎么……”

阿姝说，毕业后她就和薛胖子生活在一起。有阿姝在身边的薛胖子像打了鸡血的狼，两年打拼，加上父母用棺材本资助，薛胖子买了一套小房子。他每天早早就出去，一下班就回来，过着幸福快乐的日子——至少自以为幸福快乐吧。

出事的当天，薛胖子正在幼婴店给待产的阿姝买待产用品。这时候，他接到物业电话说阿姝要跳楼。

当薛胖子抵达小区，楼下已被警察和围观群众堵得水泄不通。薛胖子从楼梯跑到天台，趁警察和阿姝对话时悄悄爬上天台，小心翼翼地一步一步挪动着脚步，就快靠近阿姝时，阿姝猛然回头发现惊慌失措的薛胖子。她歇斯底里地对薛胖子说：“几年前我就告诉过你，我的事情你不要插手，你就不要再管我了，好不好……”

薛胖子颤抖着粗嗓门，几乎用哀求的语气对阿姝说：“你到底怎么了，为什么要做这样的傻事？我们要看着小宝宝长大，我们还有很多事没做，你还没有做我的新娘……”

“对不起薛胖子，我不能和你结婚，也不能生下这个孩子……”阿姝目光呆滞地望向远方，长发随风在空中乱舞，接着低下头犹豫了一会儿说，“胖子，这个孩子是……”

“闭嘴！”薛胖子大吼。

“他是个罪孽，我也是个罪孽。对不起，我不能再欺骗你了，你是个善良得让我羞愧的男人。”

阿姝说完，取下手指上的戒指：“胖子，对不起，请把它留给更值得的女人，这两年我努力想和你好好生活，但是我无法抗拒他。我从19岁就开始爱他，虽然我知道这是一条不归路，但每次他一出现，我就崩溃了……我对不起你……”

此时的薛胖子已经泣不成声。有时候他也怀疑过，阿姝和那个男的还有来往。但他宁愿逃避着真相，因为他爱阿姝，阿姝是他的命，只要命还在，别的也就不重要了。今天，薛胖子的梦被一场自杀撕碎——对薛胖子来说，阿姝的自杀是对他残忍的谋杀。但是，他还是不希望阿姝和自己以这种方式告别，所以他打算用拿回戒指的那个举动扯回阿姝，可是他并没有拉着阿姝，反倒和阿姝一起坠落。阿姝掉到了气垫上，可能是薛胖子体积太大，他掉到了气垫旁边的灌木丛里。索性楼层不高，所以薛胖子就变成了今天这个样子。而阿姝，在这家妇产医院生下了她和那个男人的孩子。

我走出病房，接连抽了好几支烟。罢了，薛胖子现在也许很需要阿姝，我就不骂她了，让她去看看薛胖子吧。我去超市买了些补品和水果，回到病房时，听到孩子在婴儿车里哭闹。阿姝艰难地扶着床沿，起身去看孩子，我过去扶着她。

阿姝哄着孩子，突然轻轻地问我：“胖子他，他怎么样？听警察说，胖子受伤了……”

我突然一阵心软，对她说：“胖子没事，你好好养着，出院了去陪陪他。”

“我还有什么颜面去见他……”她这句话，细微得几乎只有自己听得见。

我扯开话题问：“没有人在医院照顾你吗？”

“有护士……”她边抱起孩子边云淡风轻地说着。

“你没有家人陪吗？”我好奇地问。我确实感觉到奇怪，即使那个男人不来看她，出这么大的事，她的父母总归要出现吧。

“我没有家人。”

“其实你可以让孩子的爸爸对孩子负点责，你一个人……不仅是经济问题难以解决，而且在孩子成长过程中，流言蜚语……”我还没说完就有些后悔，但我真的是为一个单亲妈妈感到担忧。

“我并不在乎别人怎么看我，如果太在意别人的看法，活得犹如一条内裤，别人放什么屁都得接着……”她把刘海撩到耳朵背后，直视着我，微笑着。

我很不高兴，因为我感觉她说的貌似有几分道理，我竟无言以对！于是，我叫她好好休养，病好了去看看薛胖子，然后我便匆匆告辞。

确实，每个人都有权利选择自己的活法，作为局外人的我们，所能看到的只是我们眼睛看到的，我们又有什么资格对别人的生活评头论足？

阿姝出院的第二天，她说想去照顾薛胖子，但他担心阿姨并不欢迎她，所以打电话邀我和她一同去。到了医院，正如阿姝所料，一向文静寡言的阿姨像要杀了阿姝般冲了过来，大喊："扫把星，你还有脸来啊？带着你的野种滚！"

阿姝并没有躲闪，定定地站在走廊通道里任凭阿姨撕扯着。她没想到薛胖子不是受伤，而是昏迷不醒。她认为这都是她造的孽，因此无比愧疚和痛苦。一旁的叔叔则在走廊的椅子上坐了下来，把头埋得很低，任由眼泪大滴大滴地掉在地上。这些日子，这两个老人一直用忙碌来掩盖悲伤。他们无法接受，自己拼死拼活养大的儿子竟在自己老的那天躺下了。他们越是表现得坚强，内心越是构筑起一道围墙将悲伤深锁其中，无法释放。

也许此时的阿姝明白，他们并非真的怨恨阿姝，而是需要一个引子将眼泪引出来。

有的时候，只有直视伤痛才能真正走出来。

接下来很长一段时间，阿姝都在医院和托儿所来回跑。无论她和薛胖子将来会是怎样的命运，她都想一直照顾他直到他醒来。她做了很多努力，试图唤醒薛胖子，结果都是徒劳。

某天晚上，阿姝把孩子接来，母子二人在医院陪着薛胖子。孩子突然哭个不停，阿姝给孩子换好尿裤，抬起头发现薛胖子正直勾勾地看着她。她欣喜若狂地要跑去喊医生，薛胖子却轻轻地抓住了孩子的手。

阿姝呆住，泪如雨下。

薛胖子转头，微弱地问："阿姝，你爱过我吗？"

阿姝正要张嘴，薛胖子哀求着说："我要听实话。"

阿姝低下头半天说不出话来。

薛胖子释然地给了她一个微笑说："没事了，去喊医生吧……"

阿姝走到门口回头，看见薛胖子亲吻着孩子的手，哭泣着。

薛胖子出院那天，我开车去接他。他说还不想回家，要我陪他转一圈。我开着车陪他转了一圈又一圈。沉默很久后，薛胖子对我说："我先去你那里住段日子吧，等我找到新房子就搬走。"

我问："你要搬家？"

他点点头："他们母子挺不容易的。我把房子给她，算是感谢这两年来她带给我的美好。"

我看着他，发自内心地敬佩。我拿出一包中华，对他说："兄弟，这是我请你的。"

他扯着粗嗓门嘿嘿地笑，我也笑。一路上，我们再没说什么话，这时电台里的女主播甜腻的声音传了出来：

爱情就像瓶中的一滴水，装着的时候看得见，倒出来就什么都没有了。寂寞让爱情更美丽。而那些爱，只属于它存在的那一刻，因为它不是永远，不是未来。有的人，不曾相遇，不曾分离……

鬼知道她在说什么。

2.
我们都输给了现实

苏，印象中的他，积极活跃，头脑灵活，是一个成功的生意人。可我不知道的是，他也是一个爱情傻瓜！

这一年，经历了辛苦的高考，我考上了大学，开始了自己的大学生活，而同一年，苏毕业了。

和大多数毕业生一样，那段时间，苏奔波于投放简历和参加面试之间，市区每一家公司都留下了他的足迹，终于找到了一家中意他的公司。

但苏却高兴不起来。一想到每月为了三四千的薄利任人摆布，失去自由，他就浑身不自在。

于是，这个任性的大佬，在试用期的第一天，就将一沓A4稿纸摔在一个上司的脸上，潇洒地出了公司的大门。

“你都不知道当时办公室那帮人的眼睛瞪得有多大，小爷才不伺候。我要自己当老板！”

每当提起这件事，苏都两眼放光，兴奋得脖子以上出现大片的绯红，嘴角的烟把儿随着他嘴巴的耸动画起了圈，一圈圈地散开，硬是将自己笼罩在一片迷离的云雾中……

这让我更难看懂这个人了。

还记得那是清明前后，初春的气息刚刚染指湖畔的细柳。我懒洋洋地躺在寝室，享受难得的午后阳光。身边的手机突然发疯似的震起来，我一看，是苏！马上接通：

“小沈，帮哥哥一个忙呗？”

“怎么了？你说！”

“我要开个酒吧，借我3000块钱？！”

那时的我和苏还不是很熟，只是几场酒局的关系，我迟疑了：“3000？！”

“放心，哥不会坑你。信得过我，今晚来学校外面的啤酒广场，我叫了鹏，聚聚！”他的语气坚定，我竟然找不到拒绝的理由。

于是，那天晚上我赴了约，也第一次见到了苏的女朋友。

那是个晴朗的夜晚，点点星光就像萤火虫一样爬满天幕。啤酒广场上，人头攒动。

苏请的人不多，总共加在一起也就十来个，其中自然少不了我同乡的阔少——鹏。

这家伙穿戴时髦，一身名牌，身边领着一个辣妹，在人群里尤为显眼。

“吆，鹏少爷，又换人了？”我一如既往地调侃，引得周围一阵哄笑。而鹏，则对我的问候方式早习以为常，也顺势回了我一句：“沈少爷还是孑然一身，右手为伴！”

这家伙，总是拿我的单身说事，我本想继续，一个声音却忽然打断了我——“都说常州人不矫情，我怎么从你们这儿看不出来呢？”

寻着声音，一个熟悉的身影从人群中挤了过来。这是一个精壮高挑的青年，脸型硬朗，剑眉朱唇，面带微笑，一身帅气的西装彰显着独有的成熟气息——是苏。

而苏的后面，跟着一个女孩。

“正是因为亲切，才说这样的话。”鹏嬉皮笑脸，迎了上去，给了苏一个大大的拥抱，“学长召唤，看来是要带着嫂子干大事啊！”

“什么大事，也是为了生计，被逼的……”苏一脸谦逊，回头望望女孩，陪笑道。眼神里却闪过一丝的忧伤，只是那份忧伤，很快就被刚毅所替代，不仔细看根本不能察觉。他的话锋突然一转，对着我说："沈，感谢你能来。"

我一脸的尴尬，心里却涌起一股莫名的暖流，没事，我也很高兴能帮到你。

连续几番寒暄，苏开始安排我们几个人就坐。

要说苏做生意，我们一点儿也不惊讶，听鹏说，他在大学的时候，生意方面的天赋就开始显露出来。记得有一次，他拿着自己的生活费在网上批发了一批精美的手机配件，原以为他会向其他人一样老老实实地摆摊去卖，没想到他却另辟蹊径，举办了一个抽奖活动，销售抽奖券让他小赚了一笔。

怎么回事呢?

原来，苏买手机部件的同时，也购买了一些外观相同的包装袋。他给袋子编了号，有的里面装配件，有的则是一些填充物，由于外观差不多，很难分辨。学校里的同学见只要花五块钱就有机会抽到十几块、甚至二十几块的手机配件，纷纷购买，抽奖券竟一个上午就被抢购一空，这让我们不得不佩服这个精明的家伙。

可这个精明的家伙也有无奈的时候。

几个人围坐成一圈，苏举起酒杯并且轻轻地敲了一下酒杯："今天，大家难得聚在一起，一来是想请各位帮在下一个小忙……"苏的声音不大，却足够让我们听到。

“不就是钱的事情吗？你尽管说，我们倾囊相助！”鹏豪爽地插了句嘴，却没想到，立刻引起了周围人的共鸣：“鹏说得对！苏，有什么困难尽管提，我们肯定帮你”……这份共鸣倒让我吃了一惊，我虽然不是什么大气之人，但在这样的氛围里，竟也被这份友谊感染得血脉喷张。

“感谢诸位……”苏表情诚挚，对着我们深深地鞠了一个躬，平复了一下心情，继续自己的话，只是这次的声调稍微提了提，“二来……这场酒会也是一场欢送会！湘，马上要到北京去读研究生！”

这，本应该恭喜的，可我们却没了声响……

湘，除了名字，我一无所知的湘，他是苏的女朋友。

我渐渐开始懂得苏眼中那一闪而过的忧伤，原本热闹的氛围霎时间充满了尴尬的冷静，湘也低着头，垂下的青丝挡住脸，看不出表情，我想她也在暗自神伤——别离，本就是这个时节散不去的印记……

“来！咱们一起走一个，千言万语，全在酒里！”苏终于开了腔，颤抖的声音带动酒水也跟着跳起了舞，洒出了一些。

举杯，预祝苏事业有成，至于其他，我们埋在了酒里！那一晚，我们喝得烂醉如泥，将琐事全部吐进了卫生间。

聚会后不久，湘便离开了，临别时，两个人深情地相拥在一起，湘含着泪水留给苏两个字：“等我”。苏沉痛地点点头。

任沧海桑田，光阴荏苒，我会在这里等你回来。

苏的酒吧刚开张，就赶上了雨季。

那是最艰难的时候，降水的原因让酒吧清汤寡水地度过了整整一个月，几乎没有盈利。而这段时间，除了陆陆续续的借钱，我和苏的联系也渐渐少了。

第二年，仲秋，蔚蓝色的天空一尘不染，晶莹透明，像一面明镜。校试验点的果园挂满了红彤彤的苹果，正到了收获的季节。

一天，苏兴致冲冲地闯进了我的寝室，一把拉起还穿着拖鞋的我，“走，喝酒去！”

我有点儿蒙，还没反应过来，身子已被连拉带拽地出了宿舍楼。

“苏，怎么了，这么高兴？你捡到金子了？”我一头雾水。

“让你说对了！哥发达了！”他的话近乎疯癫，我竟有点儿犯怵，这家伙，不会是受了什么刺激了吧……

深巷，苏水酒吧，一支悠扬的情歌正萦绕在大厅，苏领着我来到了一张桌前。

这是张精致的玻璃圆桌，细雕的花纹上陈列简单，一瓶红酒，几个酒杯，一盒香烟外立着一个打火机。鹏正坐在旁边，和晨聊着天。

说到晨，他可是这家酒吧的大功臣，虽然苏最初开业的时候，晨没有出一分钱，但却用自己的法子为这里聚集了人气——他的歌声悠扬，嗓音极好，众多回头客愿意再次光临多数是冲着他。

晨见我来了，赶忙站了起来，热情地将我拉到他的座位旁。

“沈，你可来了，好久不见！”

我没有客气，一屁股坐在圆桌旁的竹椅上，这椅子看似坚硬如铁，坐上去却有说不出的舒服，我探了探身子，对着晨忍不住小声地说出了自己的狐疑：“苏今天怎么了？神神叨叨的！”

“当然是好事！”

没想到这样都被苏听见了，他嬉笑地咧着嘴，眼里像燃起了一把火焰，兴奋地朝我说：“前几天,我把去年的账目做了一个统计，你猜怎么着？”这个问题自然是给我提的，但还没等我反应过来，他就自己吐了出来，“去年到现在，酒吧净赚了25万！”

25万？这个数字对于当时的我，像是一个响雷，炸得我的脑子嗡嗡作响：苏，这个家伙真的做到了！

酒吧里的曲风突然转变成了动感的DJ，而我依旧有点儿不敢相信，环视着周围的几个朋友：晨，依旧腼腆的笑，鹏则递给了苏一支烟，两个人躲进了云雾里偷着乐。

“那你有什么打算？”我好奇地问道。

苏显然早已经想好了答案："我能有今天，全靠朋友们的帮忙，尤其是你和鹏，我要先还钱，给晨这个音乐才子一笔奖金，感谢他对酒吧的贡献。另外，留一部分开一家分店，我打算往城区发展，那里的盈利可能更好一点。至于剩下的一部分……"他停顿了一下，脸上不知是因为激动，还是害羞，竟慢慢地"涨了潮"，变成了红色，"我打算寄给湘！"

"吆，看不出来，好男人啊……苏……"这样的话显然是在拉仇恨，我们顿时唏嘘一片，嫉妒起来。

吧里的DJ似乎更响了，淹没了我们的笑声。角落里时不时传来阵阵的碰杯声，和着音乐混杂在一起，此刻倒显得格外的和谐……

酒过半酣，我们的兴奋劲也渐渐被酒精浇灭，晨安静地趴在桌子上，鹏开始絮叨自己的情史，而苏则站起身，给湘拨了一通电话……

湘，我对她的了解依旧只停留在名字上，她是苏的异地恋人。

不久后，苏的分店在城区开了张，取名湘约。

这个名字实在太土，但苏偏说是我不懂……

虽有着残酷的竞争，新酒吧的生意却异常火爆，为了更好地经营，苏去了城区那边，我们自此断了联系。

时间像高山的流水，突然加快了速度，转眼间，我毕业踏入了社会。

四年后的一天，我像往常一样打开电脑，习惯性地先打开邮箱，却意外地看到了一份邮件：

沈，2月19日，湘约店庆，聚聚。地址：常州市xxx绝情酒吧。

言简意赅，却有着致命的错误——不是说“湘约”店庆吗？怎么在绝情酒吧！还有，就这点破事发个短信不就得了，还发邮箱？！

19日，我如期赴约，市中心虽大，但找到绝情酒吧却不难，告诉出租车司机，他立刻就知道了地方。

车子缓缓前行，老远就看到“绝情”二字，这是一家很有特色的酒吧。灰色的格调，精致的格局，里面皮质的沙发散发着一股优雅的气息，而更为显眼的是门口橱窗上的一行字：“心碎乌托邦！”我还纳闷呢，这不是《奋斗》里的梗吗？再一想，故事剧情完全符合苏。一看就是一个有故事的地方。

门口，一个熟悉的身影正四处探望，是苏。

我下了车，走了上去，冲着苏微微一笑。而门口的那位，先是一怔，接着惊得目瞪口呆：“你……你是沈？比上学时候壮了不少啊，我都认不出来了！……”

“毕业后不常锻炼，是胖了一点点。”尽管我极力狡辩，但事实摆在眼前。

苏还说我，其实他自己的样子也早已面目全非：不知是从什么时候，他开始蓄起了胡子，头发梳得油光可鉴，黑色的裤子搭着花格衬衫，已然没有当年意气风发的感觉。

话不多说，他就将我请了进去，今天是绝情酒吧的店庆，来的人自然不少，只是我认识的寥寥无几。我曾向人打听过鹏的消息，公司的人说他请了一周的假，说是老家安排了相亲，而晨呢，为了治病，后来离开了这座城市……

想着这些，我不禁有点儿伤感。时间真是一个可怕的东西，它会让你慢慢地去背叛自己的初衷。

苏将我安排在一个角落，自己出去应酬了。他的店庆很疯狂，DJ，啤酒，热舞女郎，整个酒吧洋溢着放纵的气息。作为店主，店庆开始前必定有一个简短的演讲，只是他的太简单，也有点儿太疯狂：

“今日绝情店庆，酒水畅饮不要钱！”

我简直不敢相信自己的耳朵，这家伙……这样的氛围，太适合我了，确实是疯狂了一些，但很过瘾。连续的啤酒轰炸，让我有点儿作呕。大约坐了一个多小时，我逃出了酒吧大门，立在旁边的行道树上，点起了一根烟……

“怎么了，沈？”我的身后，突然传来了一句问候，是苏。

“没事儿，里面太闷，我出来透透气。”我说。

“哦，坐我车上吧，咱哥俩儿说说话。”苏长舒一口气，一股浓浓的烟味被风带到了我的前面，他的声音不知怎么带着一点儿嘶哑。

苏的车离得不远，是一辆奔驰S，高大的身形在停车位显得尤为耀眼。进了车，我躺在副驾驶座上，眼睛死死盯着车顶的天窗，透过那儿，我可以看到三两颗眨眼的星星。

“你什么时候改了酒吧的名字？以前不是叫作‘湘约’吗？”我不动声色，缓缓地问道。

“一千五百天前改的，那时候我刚和湘分了手，她甩了我！”

“什么？”我立起了身，“湘不是去了北京考研了吗？”

原来，当初湘离开苏去北京的时候，让他等湘几年，却没想到湘却没有经受住时间的考验，另寻了新欢，据说那位是她们那一级的班草，一个富二代。

“你是什么时候知道的？”我小心地问道。

“那年3月份，绝情……也就是以前的湘约，生意刚刚稳定的时候。有一天，我突发奇想，感觉湘一个人在外肯定会想家，就盘算买点本地的一些特产，坐火车去看她，给她一个大大的惊喜，可是……”苏的情绪突然变得激动，手里的半根烟被他瞬间折成了两半，他粗暴地把烟掐死在烟灰盒里，仿佛是在掐死一个人。

“你知道我当时有多蠢，就应该提前给她打个电话的！”苏的脸抽搐起来，他痛苦地捂住了脸，然而话却并没有因此停下，“至少让她能骗骗我，让我以为她还好好地坚持着，坚持着和时间作斗争！”

“你别这样说……”我想安慰，可我想不出任何有效的话语去抚平这样明显的伤疤。

“你知道我像个傻子一样提着大包小包，在学校门口等她的时候我看见了什么？”苏突然转向我，眼睛里面布满了红血丝，像一只发怒的豹仇视地盯着我，我知道，他的眼里其实早已模糊……

“她，她竟然上了别人的车，我眼睁睁地看着那个男人在湘……她的脸上吻了一口……”苏再也说不下去了，他慢慢地蜷缩成一团，在自己的车里瑟瑟发抖起来。

“苏……”

现在，我对湘有了初步的了解，她，是苏的无情的前任！

那一夜，天空格外凄冷，苏的眼睛肿成了一块。

后来，今年的下旬，我去北京出差，遇到了湘——那时的她已做了人妻，有了一个漂亮的女儿。和她没有太多的话，只是简单地说了一句：“当初你真狠”。

而她，眼里也隐约泛起了几朵泪花，略带哭腔：“我对不起他，与其责备我，倒不如责备时间，我败给了现实。”

……

一年，两年……或许，是时间教唆着我们背叛了自己的爱。

我们疯狂地和命运做着斗争，咬着牙去争取一切我们应得的，金钱、权力、友情，甚至于爱，却最终都输给了现实。

3.
爱的代价

那年，在鹏这个花花公子的引见下，我遇见了晨。而晨，也遇见了我的女闺蜜林。

依稀记得那是五月下旬，梅雨正席卷着整个长江地区。苏的酒吧刚刚起步，全靠我们几个死党扶持。应鹏的邀请，我和林参加了他们的私人派对。

酒吧太偏，不好找，我们在繁杂的巷子里迷了路。

林气得直跺脚，她仇恨地盯着我，手里狠狠掐着一块肉——那是我的胳膊，嘴里不停地嘟囔着："都怪你，都怪你。"

林这丫头，我太了解她，当初我说让鹏来接，她却犟，说自己能找到，现在迷了路就成了我的错——没办法，谁让我是男人呢。

"哎……这位同学，打扰一下，能问个路吗？"瞅准时机，我顺手拦下了一个眼镜男。

这个男生长得倒是清秀俊朗，也许是被突然地一拦吓着了，又或许是忙于赶路，他脸上的红晕，竟然染到了耳根："呃……好，问……问吧！"

"请问苏水酒吧怎么走？"我直奔主题。

"哦，那儿我知道"，他爽快地说道，"我正要去那儿，你们跟我走吧！"

"那巧了，一起走吧！"林有点儿小激动，抢在我的前面说道。

这个巷子极深，里面纵横交错，真得有个熟路的人带着，只是一路的沉默让我感到浑身不自在。

"那个，哥们儿，能问一下你去那个酒吧干嘛？"乏味让我忍不住地开了腔。

"哦，那酒吧是我一个朋友的，他今天请我去坐坐。"男孩不动声色，跟在后面的我看不到他的表情。

"你认识苏？"林又一次抢了先，"我们也认识！"

听到这儿，眼镜男突然停住了脚步，优雅地转过身来，那两条腿完美的协调让我不自觉地品出一点儿艺术家的气质："你们也是受了他的邀请？！"

"是鹏叫我们来的。"我如实说。

“鹏？”他似乎也不奇怪，摇头晃脑像是明白了另一件事情，竟直接伸手过来，“原来鹏说的新朋友就是你们啊，你们好，我叫晨”。

这一句介绍倒是落落大方，不过我暂时还没有缓过神。

“是这样的，我在苏那儿当驻场歌手，前几天酒吧的生意开始有了点儿起色，这两天雨走走停停，鹏这家伙就怂恿苏趁着这个时机来小小庆祝一下。”

我恍然大悟，心领神会地伸出手去：“原来是这样啊，你好，我是沈，旁边这位是林。”听到我在介绍自己，林调皮地挥挥手，脸上露出甜美的微笑。

林，这个家伙，真是会装，作为闺蜜的我又怎会不知她的“庐山真面目”，也不知道她用这一招骗了多少帅哥去追她。显然，这招同样骗到了对面的晨，他的眼睛傻傻地盯着林，红霞又悄悄地浮在了他的脸上。

“哦，你……你好，我是晨。”或许也感到自己的唐突，晨又唐突地自我介绍。

“我知道了。”林笑开了花，眼睛眯成了一条线，勾出一个迷人的弧度。

我也跟着笑了起来，这个晨真是腼腆。

“你们到了，我还正担心你们找不到路呢？！”一个热情的声音突然打断了我们，说话的不是别人，正是苏。苏是个有头脑的生意人，我们刚进入大学的时候，他已经大四，第一份工作干得太憋屈，所以就自主创业，开起了酒吧。

苏的酒吧叫苏水，他说是因为常州这个地方是鱼米之乡，有湖有河水。这家酒吧不太大，却装修考究，闪烁的灯光和动感的音乐瞬间将我们带进了另一个世界。

鹏早就到了，这家伙最近又看上了一个美眉，忙得不可开交。

“鹏少爷，好久不见！”我习惯性地调侃他一句。

鹏自然也习惯我的这种招呼的方式，也用同样的方式回应着我：“哪里哪里，沈少爷难得赏脸，小店蓬荜生辉。来，给你介绍这个店的镇店之宝……”说话间，鹏顺手将离他不远的晨揽了过来，“晨，店里的驻唱歌手，音乐系的才子”。

“我们早就认识了。”林似乎有点儿看不下去了，打断他的声音。

关于晨，我也有了一点儿了解，只是没想到，他在店里这么受欢迎。

晨倒很谦逊，没有因为鹏的几句赞美而得意洋洋：“都是他们乱叫的。”

苏前前后后都在忙活，他安排厨房做了几道菜，简单地准备了几箱酒就放了几个师傅的假。我们围着坐了一桌，苏先举杯，对我们说："感谢大家来我的小店，这第一杯酒，敬支持我的你们！"

举杯，庆祝，愿我们的友谊天长地久！

晨提议，为大家献歌一首，助助兴，我们欣然同意。

此时的酒吧，也的确有些许的冷清了。晨，清了清嗓子，熟练地拨弄了一下自己的吉他，一阵简短的试音后，一段优美的旋律在酒吧的大厅开始飘荡：

"我是在等待一个女孩，还是在等待沉沦苦海，一段情默默灌溉，没有人去管花谢花开，无法肯定的爱，左右摇摆……"

这歌词好熟悉，只是我一时想不起歌名，林痴痴地听着，她告诉我那首歌叫作《冰雨》。

后来想想，真是有点儿好笑，生命，冥冥之中似乎早就有了安排。那天，晨唱了很多首歌，而林也痴痴地听了一晚的歌。

初春，当柳树正悄悄抽芽的时候，一场严重的流感肆虐了常州各大高校。很多大学生不知什么原因，感冒头疼，腹泻严重。我没有幸免，也躺在了校医院病房的楼道里。（因为感染的人太多，病房的床位吃紧，只能临时安排在楼道）

晨来看过我两次，结果躺在了我的旁边。

林听说了这事，电话里说来看我。

那是一个明媚的下午，阳光温柔地照着大地，洒在我的脸上，暖暖的。我惬意地躺在病床上打着盹。

而晨，手里拿着一张乐谱不知道在研究些什么。

突然，一阵沉闷的脚步声钻进了我的耳朵，我眯着眼睛，向声音的方向看去，是林——这个丫头正蹑手蹑脚地朝着晨的病床走去，看来她是想吓唬一下晨。

此时的晨正全神贯注地看着手里的乐谱，似乎对接下来发生的事情丝毫没有察觉……

林继续移动着，她慢慢地绕到晨的背后，那样子活像一只偷了灯油的老鼠。当林到达晨的正后面的时候，她张牙舞爪，为那惊天的一吓做着准备。原本休闲的我心里莫名地紧张起来，慢慢地屏住了呼吸。

“哈！”忽然，一声惊叫，连林自己都没有意识到，晨竟然忽然转身，反而把林吓得半死，手一哆嗦，拿的课本散落了一地。

“哈哈哈……”晨满足地笑着。

林半天才反应过来，一声娇嗔：“好啊晨，你竟然敢吓唬我？”说完，两人竟扭打在一起……

那份亲密，既让我奇怪又让我生疑：“这两人难道——恋爱了？”

也许是太长时间的安静让他们觉出了一丝不对，晨和林的打闹短暂而又迅速，而我却看出了其中的猫腻。

“老实交代吧，你们两个，什么时候的事？”我一脸严肃，像一个发现了什么的大家长……

两个人都不说话，但他们动作明显，林扭捏地低着头，玩弄着自己的手指头，而晨，不自然地仰起头望着窗外，似乎那样就能逃过眼前的责问。

“好啊，你们两个，够隐秘的啊。尤其是你，林……”显然，我的唠叨病又开始发作了，“竟然还敢说是来看我的，醉翁之意不在酒啊你——我真的为你高兴……”

我的话锋一转，吐出了我的心里话：“林，作为你的男闺蜜，真心地祝福你。还记得你上次分手的时候，你哭着对我说，你的天空自此变成了灰色，我们几个轮番哄你，好久才让你走出阴影。我也一直希望你能找到一个真正值得托付的人，晨不错，会唱歌，会疼人，也很帅气，离我们也近，哪天这小子敢欺负你，我们几个一定帮你教训他！”

“沈……”林显然有点儿激动了，她望着身边的晨，抿着嘴强忍住眼泪点着头。而晨，温柔地将她揽入怀中，轻轻地安慰着她。

后来的某天，回想起自己那天的话，我已然后悔了。

晨的性格真的很好，温柔体贴，心思缜密，倒是正好补上了林这丫头大大咧咧的毛病，两个人的恋爱就这样成了，成了我们几个中最让人羡慕的一对。

大学的时光总是过得飞快，转眼间，已经到了大三，我开始考虑自己的毕业设计，而苏，将自己的店开到了城区中心，唯有晨与林这小两口，整天沉浸在二人世界，旁无他人地过着。

九月份的一天，清晨八点，一声急促的铃声将我从睡梦中拽了出来，是晨的来电。

“喂，晨，有事吗？”我喘着起床气，弱弱地问道。

“沈，陪我去一趟医院！”

“怎么了？”我的眼睛猛地睁开，大脑由于充血猛烈地疼了起来，隐隐地感觉有什么事情要发生……

常州市，第一人民医院，一行长长的挂单队伍里，一个身影夹杂其中，那身影消瘦，时不时的咳嗽震得躯体也跟着颤抖，这个身影正是晨。

我担忧地望着晨，他的身体一向健康，近几天总是莫名其妙地胃痛，搞得他食欲全无，人也开始无精打采。

“晨，23号，晨！”一个略显粗犷的女声在楼道叫起了号，仔细一看，是一个中年微胖的护士。

“哦……呃，这儿呢。”兴许是太累了的缘故吧，晨的声音竟有点儿微弱。他循着叫号的方向，缓缓地走过去，那护士耐心地等他进了门，拉上了窗帘。

看着晨进了就诊室，我突然感到一丝奇怪：林这个丫头难道不知道晨生病了吗?

等待的时间总是很煎熬，谁也不知道那个窗帘的后面的结果是什么，充满希望又失望地等着。大约过了半个小时，晨慢悠悠地从就诊室里走了出来，手里攥着一沓略显厚重的化验单。

“怎么样，医生怎么说？”我三步并作两步，冲向前问道。

晨不作声，只用那呆滞的眼神回应着我，昔日里的光彩早已不见踪影。

“到底怎么样？”

“胃癌……”

胃癌——这是我生平第一次从身边活生生的人嘴里听到这个词，它没有太多的隐晦，死板地诠释着你的人生终点。

“怎……怎么可能？！”我的舌头不自觉地打了一个冷战，混乱的思维渐渐跟上了节奏，“会不会是误诊？！”

晨没有回答我，他机械地将化验单塞到我的手里，径直走向医院的大门——我现在开始明白，为什么他生病，林会不知道了……

那个早晨，是我度过的最漫长的一个早晨，我开始有了一个新的认识：随时随地，我们都有可能失去身边最亲近的人！

出了医院，我们并没有直接回学校，晨带着他的吉他，说想出去散散心，我得陪着。

正值秋季，树上的叶儿开始泛黄，一阵微风拂过，人行道的两旁，一片片树叶打着旋儿砸向地面——这一切未免有点儿伤感，还好晨足够乐观。

“有好几次，我都咳得厉害，胃里面像扎了千万根针刺，疼得要死，我已经感觉自己的身体开始有了变化，林问我怎么回事，我只是说小时候落的病根，吃东西不消化，胃疼！”晨舒了一口长气，慢慢地说，“胃癌这件事，绝对不能让林知道，她人很好，实在没有必要为了我这样一个将死之人浪费青春！”

“你神经啊，还真以为自己是韩剧男主角啊，医生都说了是早期，配合治疗就没事。”我很激动，可能是替林愤愤不平，也可能是对他的自暴自弃感到失望。

“这熟悉的天气，留在深处的记忆，似乎那次我们相遇，是缘分前世的累积，那曾经的旋律，却不能再次响起，是否我们无法逃避，早已注定的结局，而距离，我们在不同轨迹……”

晨斜坐在草坪上，哼唱起了一首歌谣——后来，偶尔在苏的酒吧，我才知道那首歌叫作《对不起，姑娘》。

又是一年过去了，伴随着零点钟声的响起，我们踏入了伤感的一年。

晨的病情有些加重，而每每如此，他都变得越发谨慎。

林还是一如既往地大大咧咧，只是最近她那当着企业老总的父亲开始担心女儿的前途问题：他打算送林出国深造。

但是，林父并不是独断专权的人，他有这个想法，必须先要自己的宝贝女儿同意。

林觉得这是个机会，但她有晨，这样的机会不要也罢！

晨却不这样想，他们为了这件事也曾争吵过，结果总是无果而终。

我怀着这样的心情去记录我们逝去的每一天，不是因为我想留住什么，只是因为我太想从这些岁月里找回点什么。

那天早上，我清楚地记得天空的颜色是灰色的，些许杂乱的风时不时吹动着，扰得人心慌慌的。

林还是像往常一样，蹦着跳着来到晨的宿舍门口。晨的电话，一直不通，林心想他可能没给手机充电。等了半天，也没见人影，林就托了同学去看看，室友说他去了苏水酒吧。

酒吧慢慢有了起色，这里面还真的有晨这个情歌小王子的功劳。

虽然苏在城区开了一家分店，不常来这里，但晨还是很乐意帮忙。

顺着纵横交错的巷子，林走进这个和晨初次相遇的地方，心里竟有点儿怀念。

苏水酒吧，里面的装饰还是那么别具一格，虽然换了老板，人气却不减当年。在酒吧的大厅，一个歌手在吟唱着熟悉的旋律：

“一个人静静发呆，两个人却有不同无奈，好好的一份爱啊，怎么会慢慢变坏，冷冷的冰雨在脸上胡乱地拍，暖暖的眼泪跟寒雨混成一块，眼前的色彩忽然被掩盖，你的影子无情在身边徘徊……”

那人不是晨，他也没有唱出晨的味道。

林感觉奇怪，正当她打算四处寻找的时候，一个突然的肆笑从墙角响了起来，那声音既熟悉又陌生，回绕在一个一男三女的小圆桌上，不是别人，正是晨。

“晨，你的女朋友呢？今天怎么想起来苏水找我们玩？”一个女孩问道。

“哪有什么女朋友？大学嘛，随便找个人过四年，有她没她不是一样吗？”

林顿时感觉大脑一阵眩晕，她不敢相信这样的话出自晨的口，但那人的确是晨，那个让她可以放弃一切的晨。

“晨……”林轻轻地呼出圆桌上男人的名字，然后歇斯底里——“你个混蛋！”

说完，飞奔出了酒吧……

而圆桌上的晨，此刻，他的眼角缓缓滑下两行热泪……

那天，只有我们少数的几个人知道发生了什么。晨太傻，林也太傻，我们太认真。

雨季，无法明晓终点的雨季。晨，这个浸泡在浑浊世界里的人，视野迷离——那是别离时的泪滴。

晨，拖着疲惫的身子，在雨里前行！

我劝不动，他愿意淋着。有多少人，为了成全自己心爱的人，宁愿狠心去伤害她……

这，便是爱的代价。

4.
玻璃心的女汉子

不管怎样，如果在你的一生中，有这样一个值得你如此怀念的人，你应该感到幸福。毕竟他曾填补了你的一段青葱时光，陪伴你哭过笑过闹过成长过。而你呢，现在只需要向前一步，不遗余力地过好新生活。那些你念念不忘的人，也许真的某一天就从记忆中彻底蒸发掉了。

每一个看似完好无损的身体里，都住着一个千疮百孔的灵魂，越是外表看起来冰冰冷冷刀枪不入的人，往往曾经都受过情伤，心里有着不可言说的秘密，所以必须把外表伪装得严丝合缝，才能掩盖内心深处的伤口。

舒怡就是这样的女人，一米七的身高，内扣梨花中长发，与人交谈从来不多说一句废话，脸上从来不露笑容，十分高冷。这样的外表和她的名字形成了强烈的反差，如果不告诉你她是空姐，你肯定以为她是一个刚刚被甩、满脸怨气的小三。

这样的女人要么没有朋友，要么就是很好的朋友。舒怡只要一有空，就会打电话叫我们几个朋友一起出来泡吧，但是期间有半年的时间，我们很少能见到舒怡，更别说一起泡吧，只是偶尔刷朋友圈的时候才能确定她还活着，她基本上消失在我们的圈子中。

有一天刷微博，看到舒怡发了一条这样的消息：谢谢你，希望你能幸福。我似乎意识到了什么，所以在微博底下留了言，过了半个多小时没有回复，我又给她拨了一通电话，提示用户已关机。就这样，我在揣测中拨了不知道几个电话，发了好几条私信，可是这些就像石沉大海一般毫无回应。过了大概一个多星期，有一天深夜，舒怡给我发了一条短信：他要结婚了，我一直在逃避，现在我不想再逃了，可是我该怎么去面对？我并没有吃惊，知道她没事就好，所以只是秒回了个“嗯”，之后她再也没有给我回信。

第二天傍晚，我打了个电话给舒怡：“要不今晚叫上小伙伴们出来聚聚吧，老地方。”

舒怡：“我不想让他们几个知道。”

我：“那你怎么告诉我了？”

舒怡：“你不是情感博主嘛？”

我：“别闹了，那今晚22:30老地方吧，到了再说。”

晚上22：30我如约来到我们常聚的酒吧，看到舒怡早就到了，坐在角落里喝着闷酒，我在门口观察了一会儿，偶有几个小青年上前搭讪，舒怡只顾喝酒，小青年不甘冷漠，自觉地走开。

我上前坐了下来，舒怡说话了：“平时你总是很准时的，今天怎么迟到了10分钟。”

“出租车司机绕路了。”

“哦。”

我们就这样有一句没一句的聊着，过了20多分钟她终于按捺不住情绪了：“他今年年底结婚，我们在一起6年了，我以为我还有机会，现在他要结婚了。”

“你们什么时候分的手？”

舒怡楞了一下，然后低着头，握着酒杯的指尖微微泛白，之后的两个小时里，我从舒怡口中认识了一个叫作苏旸的男子……

上学那会儿就跟舒怡好上了，在学校的池塘边发过誓，也幼稚地互传过情书，那个男生甚至因为别的男生暗恋舒怡还把对方给揍了。舒怡的所有第一次都给了那个男生，甚至有一年的圣诞节前，用了一个礼拜的时间边学边织，熬了3个通宵，给他织了一条围巾，在平安夜那天偷偷塞进他的书包里。

舒怡告诉我苏旸对她说过："如果我们分手了，我会重新去追你。"舒怡也告诉过他："如果我们分手了，我会彻底消失在你的世界里，你再也找不到我。"

后来，他们真的分开了，可彻底消失的人却是苏旸。

舒怡说，苏旸不辞而别，一句分手的话都没留下，后来她也试着找过苏旸，但是他似乎是人间蒸发了一样，换了手机号，注销了所有的社交软件，再也没有他的消息，似乎是故意不想让舒怡找到。

可是没有不透风的墙，舒怡从苏旸朋友那里得知苏旸有新女朋友了，苏旸分手了，苏旸又有新女朋友，苏旸又分手了。但是舒怡一直认为，只要他未娶，她未嫁，就还有希望，可是有一天苏旸的朋友告诉舒怡，苏旸要结婚了。舒怡一时难以接受，辞去了工作，一个人去了云南的山里支教，一去就是半年，这半年我们几乎都没有她的消息。

舒怡认为只有让自己忙碌起来，才不会去想太多，可是一到晚上睡觉的时候，脑子里就会回忆起他们在一起的点点滴滴，根本没办法克制，舒怡想跟我们联系，可是山里信号不好，带过去的手机充电器也坏了，要买新的需要去镇上的手机店，汽车都要开两三个小时，所以索性就把手机丢在了一边。

我问过她："那你怎么又回来了？"她说："他的婚期就要到

了，我努力地想忘记他，可是怎么忘都忘不了，既然忘不了，那我就干脆勇敢地面对一回呗。”

那晚舒怡零零碎碎地讲了好多她和苏旸6年来的事，那么模糊又那么清晰，我的脑子反复过滤、反复地拼凑，渐渐地那些零碎的故事碎片在我的脑海里拼凑出一张完整的图案。我鸟瞰着这张感情地图，置身其中仿佛亲自经历过一般，品味着他们6年的酸甜苦辣，看着他们的感情从盛开到枯萎，再到眼前的酩酊大醉。

我们从深夜喝到凌晨2点，最后把舒怡送回家，把她安顿好后我又匆匆地打了辆车朝家赶去。我躺在后座上，电台里放着《因为爱情》，我仿佛看到了那年的舒怡和苏旸没有分手，俩人牵着手走在夜间的马路上，走累了就在路边的大排档吃起了宵夜，仿佛看到他俩在突如其来的暴雨中相互依偎着朝屋檐底下奔跑，仿佛看到了苏旸牵着舒怡的手走进了婚姻的殿堂，舒怡开心地笑着，春光灿烂，无比幸福。

年底的时候，我接到了舒怡的电话，电话那头的她说：“我想去参加他的婚礼。”

我：“姐姐你是在开玩笑吗？他邀请你了吗？你知道他在哪儿举办婚礼吗？”

舒怡：“他没有邀请我，我可以问他的朋友，他还欠我一个分手。”

我开玩笑说：“你该不会想去砸场子吧，太好了，一起去吧，叫上阿占，最近正愁闲着没事做呢。”

舒怡沉默了几秒钟后说：“要怎么闹才能让他记我一辈子？”

我故作镇定一本正经地说：“这很简单，你带一瓶辣椒水和一瓶卸妆油，辣椒水喷新郎，卸妆油泼新娘，是不是简单粗暴又体面？”

舒怡：“体面什么呀！我说正经的，如果那天我真要闹起来，你和阿占务必拉住我。”

我：“行啊，我和阿占负责缠住新娘和宾客，你就放心地去吻新郎吧。”

舒怡总算是笑了：“那一言为定，到时候别怂就行了。”

我和舒怡就这么有一搭没一搭地聊了大半个晚上，把婚宴上可能发生的事都拿出来调侃了个遍，如果不是新娘另有其人，我真以为要和苏旸结婚的人是舒怡。

婚礼前一天，阿占一大早就开车接我和舒怡一起去机场，我们买的最早的航班去西安，一路上舒怡讲的话总共不超过十句，表情凝重，俨然一副赶赴疆场战士的模样。我和阿占见状自觉地不去打扰。等到入住宾馆时已经是晚上了，赶了一天的路大家都疲惫不堪，各自回房早早地睡了。

婚礼当天，舒怡穿了一身大V低胸礼服，塞给我一个包，里面是一沓车票和电影票，还有一支香奈儿的口红，我疑惑地问道：“你带这些做什么？”

她瞟了我一眼：“到时候你就知道了。”

我又关心道：“大冷天要不要这么拼，穿这么点儿生病了咋办？”

舒怡笑着说：“不穿暴露点儿怎么抢新娘的风头。”

此刻的舒怡显然并不在意天气是否寒冷，也许在苏旸不辞而别之后，她的心就已经习惯了寒冷，又或者在舒怡心里，还是把苏旸当成那个能永远给她带来温暖的人，所以区区的这点寒冷又何足挂齿。

婚礼井然有序地进行着，身旁的舒怡异常地安静，从她的脸上看不到任何的情绪，或许这眼前的一切，和他们当年所设想的一样，温馨而又简单，只是这婚礼的女主角不再是舒怡自己。

苏旸穿着一身黑色西装，舒怡远远地望着他，望着这个曾经深爱过自己的男人，牵着另外一个女孩儿的手，宣读着誓词。本想着她会冲上台去抢过话筒，质问苏旸为什么当初要不辞而别，为什么一点消息都没有。然而什么都没有发生，整个婚礼舒怡都异常冷静，没有言笑，也没有想象中的泪流满面。

婚礼顺利地走完了一切该有的流程，苏旸也发现了舒怡的存在，没有不知所措，远远地冲舒怡笑了笑，径直走来，此时舒怡的脸上终于露出了久违的笑容。

舒怡：“新婚快乐！”

苏旸：“谢谢，没想到你会来，最近还好吗？”

舒怡：“就那样呗，按时吃饭，按时睡觉，日子还是要过的。”

苏旸笑了笑看着一旁的我问道：“这位是你男朋友吗？”

舒怡也笑了笑：“当然不是，我男朋友今天结婚。”

苏旸收起了笑脸严肃起来：“对不起……”

新娘估计是好奇苏旸在和一群人聊些什么，所以也走了过来。

舒怡：“你最近还好吗？祝你们幸福。”

我有点摸不着头脑，难道舒怡认识这个女孩？又不好打断他们的谈话，只能强忍着好奇心，继续附和着笑脸听着他们的对话。

新娘：“还不错，苏旸挺照顾我的。”

舒怡从我的包里把口红拿出来递给了新娘：“这是上学那会儿我生日你攒了好几个月的生活费给我买的香奈儿，我一直没舍得用，现在还是还给你吧。”

新娘：“对不起，舒怡……”

舒怡：“谁都没有对不起谁，都过去了，这也许就是缘分吧。”

舒怡上前分别给了两人一个拥抱，所有的恩怨、舍不得、抛不开的，似乎都希望能用一个拥抱化解，让它们随风而去。

婚礼结束后，宾客们陆续离场，我和阿占也准备起身离开，苏旸走过来跟我们道别，轻轻地抱了抱舒怡："祝你早日找到自己的幸福。"

舒怡轻松地笑了笑："那好啊，我宣布现在开始我们分手了。"

两人没有继续聊下去，对于舒怡而言，苏旸是一场做了6年的梦，不管她多么不愿意醒，最终这个梦还是醒了，所有的青春，所有的美好和恩怨都留在了梦里。

回酒店的路上我从舒怡的口中得知，那个女孩儿是舒怡上学时的同窗闺蜜，当时她和舒怡一起追苏旸，苏旸选择了舒怡。虽然我对苏旸不辞而别的原因不得而知，但我觉得多多少少肯定和这个女孩儿有关，也许舒怡心知肚明，只是不说罢了。

回程的那天，在机场，舒怡丢掉了原本打算还给新郎的一大沓电影票、车票和高铁票，只有我知道，她丢掉的是这些年来有关这个男人所有的一切。

有些人一转身就是陌路，留下的只有斑驳的记忆，虽然伤感，但是也曾经是美好的回忆，虽然遗憾，但也要感谢能有这么一个人出现在自己的生命里，带来了不一样的色彩。

那晚，舒怡和往常一样打电话通知我们几个赴约，那一晚我们几个不知开了多少瓶酒，也记不清换了多少场，只记得舒怡把自己灌得烂醉，大家都喝了很多，互相诉说着伤心往事，吹牛的吹牛，打圆场的打圆场。朋友不知道走了几波，最后只剩下我、阿占和舒怡，我和阿占一直陪着舒怡喝到酒吧打烊，才打车送她回去。

下了车后，舒怡不肯回家，非吵着闹着要去买毛线，我问她：“你要毛线做什么？”

舒怡傻笑了下：“过两天圣诞节啦，我得给他织围巾呢。”

我本想把她拉出记忆，拉回家里，但又不忍心剥夺她最后一点趁着醉意的勇气。于是脱下了毛衣，递到了她手里：“毛线有了，先回家吧，回家了慢慢织。”

舒怡接过毛衣，开心地像个孩子一样回了家。

再见面，我们都没有去提起醉酒那晚发生的事，大家都心照不宣。

后来，舒怡一个人去了欧洲度假，想必舒怡还需要很长一段时间才能忘掉这段回忆，每个人的青春里都会有一个难以磨灭的人影，即使物是人非，但以往的记忆片段还是会不断地涌现，需要靠时间来帮你抚平这记忆的伤痛。

不管怎样，如果在你的一生中，有这样一个值得你如此怀念的人，你应该感到幸福。毕竟他曾填补了你的一段青葱时光，陪伴你哭过笑过闹过成长过。而你呢，现在只需要向前一步，不遗余力地过好新生活。那些使你念念不忘的人，也许真的某一天就从记忆中彻底蒸发掉了。

5.
我凭什么要等你

其实谁喜欢你，你能感觉得到，你喜欢谁，他对你爱不爱，在不在意，你也能感觉得到，有时候，输就输在了不珍惜。爱情这件事，勉强不了，住不进你心里的人就放他走，你走不进的世界就提前先掉头。

阿占是我的大学同学，富二代，但坚持自己赚钱，毕业后在一家广告公司从事平面设计工作，183cm的个子，光洁白皙的脸庞，透着棱角分明的冷俊，乌黑深邃的眼眸，泛着迷人的色泽，颇有几分明星的气质。公司里的单身少女们更是被他迷得五迷三道，那时候的阿占性格温和，感情专一，不像现在，放荡不羁，始乱终弃。阿占之所以会变成现在这样，还要从两年前的一段失败的感情讲起。

那时的阿占在学校里认识了会计专业的姗姗，两人如胶似漆，隔三差五就能看到阿占在朋友圈里秀恩爱，频率之高，甚至有一段时间我都想对他设置屏蔽。

毕业时，阿占决定留在常州，姗姗是东北的，想去北京发展。两人在出租屋里讨论了一整个晚上，阿占自然是不舍得让姗姗走，常州和北京相隔1400多千米，坐高铁要5个多小时，坐飞机也要1个半小时。姗姗说："北京的中关村有中国硅谷之称，那里机遇多，我想去那里，容易发达，到时候我们就能买车买房然后结婚。"

阿占说："我反正留在常州，常州的美女多，万一以后你发达了不要我了，我也容易再找。"

姗姗用拳头敲打着阿占的胸膛说："你就知道美女，我可警告你，就算以后我不要你了，你也只能想着我、爱着我，不许找其他女孩子。"

最终阿占还是没能拗过姗姗，姗姗独自去了北京。

两人异地相隔但是情愫不减，浓浓的相思当然只能靠无线电波来传递，短信、电话、视频，两人向祖国通信事业的营业额尽心尽力地贡献着。

姗姗在一家独资企业里做着助理的工作，每天的工作无非就是给这个人买个咖啡，给那个人打印文件、整理资料、收发邮件之类，工资6000元一个月，但对于一个在北京生活的人来说，这点钱是远远不够的。阿占也劝过姗姗回常州发展，两个人努力点儿也能买得起房。但是姗姗依旧决定留在北京……

跟所有的北漂族一样，姗姗的日子过得并不舒适，但是能住在筒子楼里，相比那些住地下室的北漂们，姗姗的生活条件算不错了。初时的雄心壮志已经被磨得只剩下一个小小的尾巴，但是好强的姗姗并没有向阿占抱怨过什么，她只是更习惯于对阿占说那句“我爱你”。

筒子楼所在的那个社区治安不太好，住那边的都是一群北漂，鱼龙混杂。以前有合租的女孩儿陪伴，姗姗并没有感觉怎样，但是那个女孩儿因为家里有事请假回家了，留下姗姗一个人住在两室一厅一厨一卫的房子里，她很自然地感觉到孤单害怕。

那夜，姗姗打电话给阿占：“亲爱的，我想你了。”

阿占：“怎么了，在那儿受委屈了？”

姗姗：“没有，就是想你了。”

阿占：“好了宝贝，我也想你，有空了我就去看你。”

姗姗：“隔着这么远，好怕时间长了你就不要我了。”

阿占和姗姗就这样一聊就是大半个晚上，从工作聊到生活，从环境聊到饮食，甚至聊到了以后准备生几个孩子，姥姥带还是奶奶带，两人似乎已经规划好了未来，对以后的生活充满了信心。

姗姗为了省钱自己买菜在家做饭，有一天，姗姗打电话对阿占说手被开水烫伤了，阿占赶紧上网找烫伤处理的资料，保存在自己的文件夹，然后再原封不动地复述给姗姗，阿占就这样和姗姗通着电话，一直到姗姗去医院包扎完回到家。一打就是3个多小时的电话，长途账单欠了一屁股。

往后的几天，阿占每天准时打电话让姗姗按时吃饭，按时换药，每次都等姗姗先挂电话，姗姗的心里一团甜蜜，享受着阿占带给她的安全感。

半年的时间，姗姗靠着自己的努力和对工作一丝不苟的态度，已经从一个小助理升职成为人资总监，从当初那个拿月薪的小人物到现在拿年薪的大总监。而阿占不知道是什么原因，至今仍然在广告公司做着小职员。

姗姗的工作越来越忙，和阿占通话的时间也越来越少。阿占意识到了这一点，所以每天都主动打十七八个电话想趁姗姗闲暇之际和她多聊会儿天。

阿占：“在忙吗？我想你了。”

姗姗：“我也想你，我在忙，等下打给你哦。”

可是之后姗姗并没有想起给阿占回电话。

阿占：“洗过澡了吗？今天工作累不累，我好想你。”

姗姗：“我好累，先睡了，有什么话明天再说。”

就像这样，阿占不想让距离成为两人之间的障碍，更不想因为忙就相互疏远，每次试图主动与姗姗联络感情，姗姗都会以“累了”“在忙”回应阿占。

姗姗的事业顺风顺水，住的地方也从筒子楼搬到了离单位一街之隔的两室一厅的小公寓里，穿的衣服从淘宝货到现在的专柜当季新款。阿占虽然也升职了，但再怎么拼命，工资也只有姗姗的四分之一。

可能是自然规律，又或者是性格使然，随着时间的推移，姗姗渐渐感觉到了一种悲哀。她曾经相信平淡才是爱的真实内涵，可日复一日的相同生活模式，加上距离的阻碍，让她开始心生厌倦。一个人逛街，一个人吃饭，一个人看电影，一个人睡觉，这种乏味让姗姗迫切地想寻找一份激情来充实内心的空虚。她对自己的感情越来越捉摸不定，逐渐迷茫起来。

阿占似乎意识到了什么，没过多久就辞去了常州的工作，决定去北京陪伴姗姗。姗姗知道这个消息并没有兴奋，只是把地址发给了阿占，让他下了飞机自己搭地铁过去。

刚到北京的这一个月里，阿占一边找工作，一边照顾着姗姗地生活起居，早餐或豆浆油条，或黄油面包，反正就是变着法地给姗姗搭配，一个星期都不重样，午饭姗姗在公司吃，所以阿占就在楼底下的小吃店自己解决。下午再去超市买晚饭的食材，在姗姗回来之前把丰盛的晚饭摆上桌，这几乎就变成了阿占的日常工作。

起初，姗姗还每天准时下班回到家陪阿占共进晚餐，可是时间长了，阿占一个人吃晚饭的次数越来越多。这让他感到失落，有段时间还经常打电话向我抱怨，让我给他出出主意。

这天，阿占如往常一样从人才市场出来后去了一家附近的超市采购晚上的食材，去蛋糕店拿了前一天晚上订好的蛋糕，路过花店买了一束花。他没有忘记今天是姗姗的生日。

一切准备就绪，他拨通了姗姗的电话："亲爱的，到哪儿了？"

姗姗："加班呢，要不你先吃吧。"

阿占："没事，我等你……"

过了一个小时，姗姗还没回家，两个小时……三个小时过去了……阿占放心不下，又拨通了姗姗的电话，过了好久姗姗终于接了电话。阿占生怕打扰到姗姗，怕她因为工作的压力而生气，细声细语道："亲爱的，加班完了吗？菜都凉了，快回来之前告诉我，我把饭菜热一热。"

电话那头的姗姗草草回答："知道了，还在加班。"

"可是……"

阿占没有继续说下去，隐约能从电话里听到周围嘈杂的声音，显然姗姗没有在加班，但是阿占选择了相信姗姗。就这样一直等到了晚上22:30，姗姗回来了，就跟平时加班回到家一样，但举手投足间略带些醉意。

“你喝酒了？不是在加班吗？”

姗姗：“陪客户应酬，脱不开身，我也没有办法。”

阿占：“今天是你的生日，一起吃块蛋糕吧。”

姗姗：“好啊，一起吃蛋糕吧。”

阿占享受着姗姗生日这天仅剩的一个多小时和她独处的时光，四目相对，谁也没有再说话，只是低头吃着蛋糕。

直到有一天，阿占在整理姗姗衣服的时候从她口袋里翻出了一张一个月前的购物清单，洗得皱巴巴，但仔细看还是能看清上面的字。阿占翻开纸条，“杜蕾斯”“男士洗面奶”“剃须刀”等字眼立即映入阿占的眼帘，此时的阿占大脑一片空白，瘫坐在地上，可能是对这个女人的失望，又或者是对自己的自作多情感到恶心。几分钟后，阿占起身，去卫生间、卧室、客厅，甚至是厨房都找了个遍，他是多么希望能找到购物清单上的杜蕾斯、洗面奶和剃须刀，起码他能够找到个理由安慰自己说这些都是姗姗为了迎接他来而准备的。可是他翻遍了家里的每个角落都没有找到……

那天，姗姗和阿占吃着晚饭，突然姗姗的手机响起，姗姗刻意走到阳台接电话，隔着门阿占几乎听不到声音。不一会儿姗姗进来了：“公司有点儿事，我得出去一趟。”

阿占：“要我陪你去吗？”

姗姗：“不用了，你去也帮不上忙。”

阿占：“好，那早去早回，路上注意安全。”

姗姗穿上衣服出了门，阿占只想证实自己的想法，偷偷地跟着姗姗出了门。只见姗姗穿过马路，上了一辆停在路边的黑色奔驰S600，阿占随即打了辆车尾随其后。

姗姗坐的车停在了周大福的门口，只见姗姗和一个中年男子从车里走出来，姗姗挽着那个男人的手走进了店里。阿占再也没有任何疑问了，整个人像抽空了一样，心灰意冷地返回了家。

姗姗回到家已是半夜，推开家门，阿占正伏在房间桌子上写着什么，见姗姗回来，阿占立即把纸收了起来，然后从厨房端了一碗汤出来。

“亲爱的，累了吧？这碗是你最喜欢吃的……”

“乌鸡汤对吗？”姗姗打断了阿占的话。

阿占立即回应：“对，乌鸡汤。”姗姗也不知道为什么要打断阿占的话，可能是因为心虚，也可能是因为有了另一个男人的对比，脱口而出：“你除了会做家务，炖个汤，你还能做什么？”

阿占的脸色一下子变了，他没想到眼前这个自己心爱的女人会对自己说出这种话，他好不容易才抑制住心里的怒火。

姗姗可能是意识到自己的话说重了，望着那碗鸡汤，轻声道：“对不起，占，我可能是太累了。”

阿占也把表情放轻松了柔声问道：“那，要不要早点儿休息？”

“嗯。”姗姗点了点头。

晚上睡觉的时候阿占头一次背对着姗姗，当姗姗想从身后抱住阿占的时候，他轻轻地挣开了。姗姗的手臂一僵，缩了回去。此时阿占的脑海里一直闪现着姗姗和那个男人挽着手依偎着的身影。

阿占就这样在自我折磨中又度过了一个星期。这天正好是周末，阿占没去人才市场，吃完午饭回到家躺在沙发上，这时阿占的手机响起，显示的是一个陌生号码，阿占接听电话，对方自称是姗姗上司，阿占一点儿都不惊讶他是如何知道自己的手机号码的。对方约阿占吃午饭，阿占似乎能意识到什么，不过该来的总是要来的，于是就答应了。

第二天中午，阿占准时来到和对方约定的饭店，刚到门口，就有一位身着黑色西服的中年男子向阿占招手，这个人正是那天姗姗挽着的那个男人。

上菜之余，男人问阿占：“你女朋友说你刚来北京，还没找到工作，听说你是搞设计的，我这里倒是有一份工作挺适合你的，你有没有兴趣？”阿占看着对面的这位老男人，成熟老练，举手投足间像一只稳如泰山的藏獒。他知道对方肯定来者不善，不假思索地答道：“不用了，谢谢。”

男人见阿占不领情，半开玩笑地说道：“没有工作，光会做家务是留不住爱情的。”

阿占听了有点生气，起身就想离开，男人见状索性开门见山，从包里拿了张支票出来：“这里是50万，够你回常州创业的了，不过像你这样的人也搞不出什么名堂来，请你离开姗姗，你能给她什么，你和她在一起只会拖累她。”

阿占是富二代，我们身边的小伙伴都知道，自然是瞧不上这区区的50万。他瞄了一眼老男人，鄙夷地说道：“堂堂一个大老板，随便拿个50万就想打发我，你看我像贪这种小钱的人吗？没有500万别来找我，你不嫌丢人我还嫌丢人！”

老男人见阿占这么不识趣，自然就没有再找过他。

阿占说要500万也不是真的想要的意思，阿占爸爸是搞房地产的，家里自然不缺钱，别说500万，5000万都拿得出来。但阿占一直坚持自己养活自己，不拿家里一分钱，他在我们眼里就是个缺心眼儿的富二代，阿占想等到结婚的时候再告诉姗姗自己的家庭背景，可是没等到结婚就发生这些事，这是让他没有想到的。

在家里，阿占一根烟接着一根烟地抽着，见姗姗回来他掐灭了香烟：“姗姗，既然早下班就早点儿洗洗休息吧。”

他的举动引起了姗姗的不安，问道：“你……你没有什么想问我吗？”

阿占摇了摇头，露出一丝无奈的笑容：“不用了，有些事，不知道比知道要好。”

姗姗咬了咬嘴唇，轻声道：“占，我……”

阿占摆了摆手打断了她的话：“别说了，我真的不想听，你和他的事我都知道了。”

姗姗脸涨得通红，欲言又止。

“当初你说怕我不要你，现在却是你不要我了，我也在努力，当时在你需要我的时候我也想来看你，但是如果无故请假别说没奖金，就连升职都会变得难上加难，后来我想了很多，比起赚钱买车买房，有你更重要，如果丢掉了你，我赚再多钱谁来跟我分享，所以我辞掉了工作，想来北京陪你一起发展。”

姗姗哭了，原来阿占并不是心里没有想法，只是一个大男人不想整天把这些挂在嘴边。姗姗擦了擦眼泪，“占，我们重新开始吧，好吗？”

阿占点了一根烟，冷冷地看着姗姗，那苍白的面容让人不敢直视。他沉默着，没有给她答复。

一周后，阿占和往常一样，早早地起床给姗姗准备早餐，姗姗吃完早餐抱了抱身边的这个男人，转身又出门上班去了。

晚上姗姗加完班回到家已是九点多，刚出电梯门，就闻到了浓浓的鸡汤味，她满怀憧憬地打开门，却发现阿占不在家。

厨房里的乌鸡汤香气扑鼻。姗姗看到桌上摆放着两张纸，一张是洗皱了的购物清单，还有一张纸上是阿占的字迹。

“我原本以为你走失了我能把你找回来，我以为我能包容你的一切过失，我以为我能爱你到没有原则，现在才知道，我做不到。汤在锅里，凉了的话就热热再喝，最近你亲戚要来看你，别乱吃东西也别喝冷的，保重身体。”

阿占连夜回了常州，姗姗坐在地上哭到没有了声音。

分隔两地不是距离，吵架不是距离，明明爱着这个人却走不进她的心才是距离。感情不怕脾气，不怕僵局，而是怕一点点累积起来的失望的心。

其实谁喜欢你，你能感觉得到，你喜欢谁，他对你爱不爱，在不在意，你也能感觉得到，有时候，输就输在了不珍惜。爱情这件事，勉强不了，住不进你心里的人就放他走，你走不进的世界就提前先掉头。

6.
为爱奔跑的土豆

每一段人生经历都是一道独特的风景。痴也好，傻也罢；爱也好，恨也罢，都会留下或喜或悲或深或浅的记忆，有幸福得淋漓尽致，也有痛苦得刻骨铭心。多年后，回头看曾经执着的自己，因为真实，因为全心全意，所以依然会无怨亦无悔。

土豆刚毕业那会儿去了一家保险公司做业务员，每天的工作就是在城市和乡下之间来回跑，给别人推销寿险、医疗保险、养老保险等杂七杂八的保险，工作累成狗，但土豆做得极其认真，因为这是他踏入社会的第一份工作。除了推销保险外，他还要帮经理们跑腿，替师傅买点心、打扫办公室，业务不达标还经常被师傅骂，简直不是人过的日子。

土豆跟我说，要是在学校里，哪个老师敢当面说他，只要不是必修课，他立马就走人，头都不回，大不了来年补考。但一到社会，面对老板师傅的数落，别说掉头走人了，大气都不敢喘一下，直接怂得跟孙子一样。土豆爸妈看儿子起早贪黑东奔西跑的太辛苦，所以琢磨着托关系把土豆安插在民政局上班，好歹是个铁饭碗。后来因为种种原因，这个计划没有实现，所以土豆也就继续安安分分地在保险公司上班。

整天起早贪黑、任劳任怨并不是没有回报的，不到半年土豆就转正了，然后让大家都没想到的是，土豆刚转正第一天就辞职不干了。他爸妈把他劈头盖脸地骂了一顿，我和小伙伴们也非常不理解他的用意，做得不开心早辞职不就完了吗？何必等到现在呢？土豆一脸不屑地跟我们讲，等到转正，是为了证明他的能力，辞职，是证明他的态度，只要他想做，没有什么是做不到的，现在已经证明了自己，所以就不高兴陪那帮人继续玩下去了。

有一天土豆突然告诉我们，他想和他的朋友合伙开个火锅店，我们都表示非常赞成，不是因为他是个开火锅店的料，而是因为以后我们都可以免费吃火锅了，一个月也能省下不少饭钱。

土豆叫了阿占，两人就去了上海，在北京也考察了一段时间，回来他爸妈就七凑八凑地给他凑了80来万，加上土豆朋友投资的100来万，在常州的市中心开了家火锅店。土豆的火锅店很特别，只做晚饭和夜宵，他说晚上酒吧出来的人都要找个地方醒酒，顺便吃点东西，这个时间段的钱最好赚，事实确实是这样。

火锅店生意还不错，并没有我们想得那么糟，我们三天两头去蹭吃也没能把土豆的火锅店吃垮，大概还是因为常州的吃货太多，所以才养活了一大片饮食产业。

土豆性格开朗，善于交际，和谁都自来熟，所以也结识了一大帮富家子弟和白富美。安琪就是他结识的众多白富美中的一个。安琪25岁，175cm的个子，皮肤白皙，相貌出众，路人看了会以为她是个模特，其实她是一家杂志社的编辑。无论是相貌、身材、收入还是家庭条件，安琪都属于处对象的不二人选。

安琪和土豆是酒桌上认识的，有一次喝多了，两人互相倾诉各自的悲惨经历，安琪跟土豆讲自己是如何被前男友抛弃的，土豆跟安琪说自己从来没有遇到过真爱，反正在清醒的人看来，讲的要多悲惨有多悲惨，要多恶心有多恶心，听了不起一身鸡皮疙瘩都难，我听了也只想大声叫一句：“靠，要不要这么脑残非主流啊！”

后来他俩就好上了，刚认识的时候，安琪可能就是因为空虚寂寞，想找个人陪伴，可时间越久越发现离不开土豆，恨不得上班都把土豆带在身边。土豆没有投入太多的感情，依旧每天和各式各样的姑娘打着交道。时间一久，安琪没有了安全感，变得敏感起来，每天回家必做的事就是闻闻土豆身上有没有女士香水的味道，当然，光有点香水味也不能说明什么，店里的人形形色色，难免有几个人的香水味浓得让人头晕，然后看土豆的通话记录、聊天记录，土豆当然也不傻，跟所有的异性朋友都讲了哪个时间段可以联系，哪个时间段不能联系，每次回家前都把消息清理干净，即使有和别的女人聊天的信息，也早已删得干干净净，不留一点痕迹。

安琪对土豆的好我们都看在眼里，iphone5S刚出来，自己还用的是4S，就已经帮土豆换好了新手机。土豆家的柜子里，大到西装手表皮鞋，小到牙刷牙膏内裤，都是安琪帮土豆选的。人心毕竟是肉做的，时间久了，即使是土豆这种万花丛中过、片叶不沾身的花花公子，也逐渐变得收敛起来。

有那么一段时间，土豆除了在店里就是在家，两点一线的生活十分规律。以至于想找他吃饭都成了问题，想见他只能晚上去火锅店找他。我见他有点“反常”，本着一颗八卦的心问他：“最近怎么都不约妹子吃饭看电影了，是不是被安琪管得死死的？”

土豆：“你是不知道，我每天凌晨关店回家，安琪都买好了夜宵在家等我，每天中午起床，安琪已经从公司回来帮我把午饭做好了，晚上下班就把菜买回来，哪里找这么好的姑娘，我还不知足吗，你没见我最近都被养胖了嘛。”

我："你小子还是我认识的那个花心大萝卜吗？原来能罩得住你的女人还是有的。"

土豆："哈哈，你没听说过一句话吗？要抓住一个男人的心，首先要抓住他的胃，你就羡慕嫉妒恨吧。"

只要认识土豆的人，都觉得土豆变得安分了好多，工作的时候也不主动和认识的或不认识的姑娘们聊天了，下班了就直接回家，也不跟朋友一起吃夜宵了，白天除了睡觉就是在家玩游戏，不像以前一有时间就约上甲乙丙丁妹子看电影吃饭了。有那么几个朋友甚至以为土豆肯定是把哪个姑娘的肚子搞大了，所以现在才这么安分……

转眼间土豆和安琪已经同居5个月了，期间虽然也有过争吵，但基本上都属于促进感情的小矛盾。但是安琪之后出现的一些异常举动，还是引起了土豆的怀疑。相处这么久，安琪除了酒吧那次喝醉酒跟土豆说过以前的事，后来就再也没有提到过去的事，即使是土豆主动问，安琪也只是逃避话题，并且每次和土豆在一起的时候，只要电话铃一响，安琪就会很紧张，然后自己一个人跑远远的去接电话，生怕土豆听到她的谈话内容。

有一天，安琪放假休息在家，下楼买菜的时候把手机落在了家里，土豆出于好奇，就翻了一下安琪的手机，短信是空的，QQ消息列表是空的，微信列表也是空的，土豆更加确信了自己的猜想。他觉得安琪肯定是背着他和别的男人乱搞男女关系了。土豆又翻了安琪的通话记录，没想到通话记录都还在，可能是安琪忘了删了。通话记录中频繁地出现一个上海的号码。疑惑中，土豆用自己的手机拨通了那个号码。接电话的是个男人，土豆慌称手机通讯录清空了，失去了安琪的联系方式，以前安琪给过他另外一个号码，说如果打不通她的电话就打另外一个号码。男人在电话那头问土豆在哪里，土豆说是常州的。男人马上说："我老婆就在常州，你是哪位？"怕男人产生怀疑，土豆匆匆挂断了电话，坐在床上，大脑一片空白，他不敢相信，这个和他同居了5个多月，每天给他洗衣做饭的女人竟然已经结婚了。

安琪买菜回来，一头大汗气，喘吁吁，一看就是跑着回来的，肯定是买完菜才意识到手机落在了家里，所以才以百米冲刺的速度往家跑。看到坐在床上魂不守舍的土豆，似乎意识到了什么。土豆把他打电话的经过告诉了安琪，安琪吓得赶紧抱住了土豆，土豆用力挣脱了安琪，让她把这件事解释清楚。安琪坐在床沿上，低着头沉默了好久，最后终于说出了土豆最不想听到的那句话：她的确已经结婚了，他叫杨鹏。

安琪解释说，她和杨鹏是大学同学，一毕业就领了证，没有办酒席，家里人也不知道，后来杨鹏忙自己的事业顾不上她，渐渐地两人感情就淡了，她也想过离婚，但是杨鹏一直拖着不离，后来她就没有联系过他了。直到最近，杨鹏打电话问她玩够没，玩够了就重新开始。但她和土豆相处了这么久，发现爱上了土豆，所以怕土豆知道了就不要她了，所以就一直瞒着土豆。

按理说事情发展到这一步，土豆应该毅然地选择和安琪分手了，但看到安琪低头哭泣，并且连声说她是真心爱土豆的，她想离婚，但杨鹏一直不搭理她。土豆见当时的场景，又痛心又心软，最终“分手”两个字还是没有说出口。他默默地出了门，什么话也没有留下。

接下来的几天里，土豆都住在我家，火锅店也交给朋友照看了。这货当时走的急没带钱包，所以接下来一个星期他叫的外卖都是我替他付的钱。有一天他终于耐不住了，问我现在该怎么办，分了觉得可惜，不分又觉得自己是冤大头。作为情感博主的我，每天微博都忙不过来，还有自己的事要做，只能随便给他灌输点心灵鸡汤了。我说：“心累，就是常常徘徊在坚持和放弃之间，举棋不定。所以趁我们还年轻，去爱，去恨，去狂欢，去拥抱。”

土豆：“滚，别拿你微博那套来糊弄我，说认真的，我现在该怎么办！”

我：“找她好好谈谈呗，两个人都是成年人了，有什么话当面说清楚，分手的话也当面说清楚。”

我和土豆就“要不要放弃，该不该坚持”的问题聊了好几个钟头，最终还是没能给他一个准确的答案，毕竟这都是自己的事，每个人处理事情的态度方法不同，万一我说错一句话、给错一个建议，导致有情人各奔东西、老死不相往来了，那我不就成了千古罪人。所以我都是站在中立的角度跟他分析这件事。土豆听了我的话当天晚上就回去了。

一回到家，安琪就抱住土豆哭，嘴里说着离不开你之类的话，土豆把安琪安抚好后，两人冷静地坐下来，土豆问安琪："以后有什么打算？"

安琪哭着说："如果我们真的不能在一起的话，只希望来生我能还你这个情。"

土豆听了安琪的话，从当时的不爽开始变为同情，甚至有点可怜眼前这个女人。心里想着：现在都21世纪了，有什么好想不开的，既然她已经承认了错误，并且不爱杨鹏了，那有什么不能原谅的呢？想到这儿，土豆一把把安琪紧紧地拥在了怀里。

这之后，两人又回归了以前的那种生活，土豆依旧家里、店里两点一线地重复循环着一个动作，安琪仍然每天晚上等土豆收工，中午回家给土豆做饭。两人经常交心，但彼此都小心翼翼地回避着安琪的婚姻。

有时候，你越是刻意逃避一件事，往往这件事会以更快的速度降临。安琪把杨鹏的号码加入了黑名单，杨鹏一个多月没有打通安琪的电话，所以抱着试试看的态度他打通了土豆的电话。

土豆：“你是哪位？”

杨鹏：“我是杨鹏，安琪老公，上次你给我打过电话，你知道安琪最近去哪儿了吗？”

土豆一听是杨鹏，心里的火立马就压不住了，加重了音量说：“安琪都不爱你了，你还死皮赖脸地不离婚，你还是不是男人啊！”

杨鹏也猜到了土豆和安琪的关系，语速平缓地说：“既然你已经知道我们结婚了，你怎么还跟她在一起，你们是不合法的，我们的关系是受法律保护的。”

土豆没想继续听下去，挂断了电话。但之后那个号码又打了过来，土豆挂断了好几遍，但杨鹏依旧坚持不懈一遍遍地打过来，土豆接了电话正想开骂，没等他开口，杨鹏以飞快的语速说：“你们要是不分手，我就把她的裸照传上网，自己看着办吧。”

土豆一听对方有裸照，当时就火了，没经大脑思考喊了一句：“你大爷。”就把电话给撂了。

之后的几天，土豆越想越觉得不对劲，万一杨鹏真把安琪的裸照传上网，安琪可能一辈子都要活在这个阴影里，所以他主动发短信给杨鹏：“你怎样才能放过安琪？”

杨鹏过了两天才回他信息：想删掉照片可以，敢接受挑战吗？只要你有种，照片绝对删得干干净净。

准备了一下，第二天土豆就只身去了上海，接受杨鹏的挑战。杨鹏把土豆带到了东方广播电视塔附近，和土豆说："从这里作为起点，我开车，你跟着跑，上海体育馆是终点，你敢挑战吗？"

土豆没想到杨鹏给他出了这么一道难题，还穿着牛仔裤，休闲鞋，根本不适合跑步，但想到杨鹏手里的照片二话没说就立马答应了："跑就跑，我到了你可别装孙子，记住自己说过的话。"

晚上的上海灯火通明，霓虹灯照得人心发慌，杨鹏开着车，每到一站就靠边停下来等会土豆，土豆穿着牛仔裤休闲鞋奔跑在马路边的人行道上，因为穿着笨重的衣服，再加上拼命奔跑，根本不像是晚练的人，引来周围一群人的目光。但那晚，土豆刷新了上海夜跑史上最狼狈着装的记录。

杨鹏在车里抽着烟听着歌，土豆在路边拼尽全力地紧跟着，陆家嘴到南京东路，再从南京东路到人民广场……

在跑步的时候，土豆只有一个信念，那就是一定要坚持到终点，从渣男手里删掉照片。

奔跑中，他能听到自己耳边的风声、路人的议论声和嘈杂的发动机的声音。

从人民广场跑过去没多久，土豆就已经有点疲惫了，整个脸涨得通红，汗从头发上滴下来，衣服裤子也都湿透了，但他还是继续坚持着。

土豆感觉到脚底磨出了泡，所以渐渐从快跑变成了慢跑，最后实在支撑不住，又从慢跑变成了快走。突然身后有个人喊了一声："停下吧。"土豆回头一看，是杨鹏，杨鹏向土豆走来："够了。"

土豆累得连喘气的时间都没有，也没意识到杨鹏说了什么，回了一句："你大爷！"然后又准备跑，杨鹏一把拉住土豆："你真的不要命啦！"

土豆虚弱地说："你别反悔就行。"

杨鹏叹了口气："我骗你的，我根本没有什么裸照。"

土豆怀疑地笑了笑："我炸你一脸屎。"

杨鹏也笑了："我只是想试探一下你，既然安琪选择了你，那我希望她能找个负责的人，对她好的男人，我不希望她不幸福。"

土豆："你们上海人真矫情，我对安琪是真心的，你放心，你这个人渣可以滚了。"

杨鹏意味深长地撂了句："幸福。"然后就离开了，土豆第二天也回了常州。

杨鹏同意了离婚，不久后就和安琪办理了手续。安琪对土豆的好土豆都看在眼里，所以土豆认为他为安琪所做的一切都很值得。

人生就像是一场没有计划没有目的的旅行，每一段人生经历都是一道独特的风景。多年后，回头看曾经执着的自己，因为真实，因为全心全意，所以无怨亦无悔……

7.
总会有个人替你疗伤

承诺有时可以是最美的情话，但也有可能是最毒的谎言。或许世间万物冥冥之中自有定数，别人留给你什么样的伤，总会出现那么个人来替你疗伤。你要是承认感情是存在能量的，那么请你相信这能量必定是守恒的。

阿占，183cm的个子，五官精致，光洁白皙的脸庞透着棱角分明的冷俊，乌黑深邃的眼眸，泛着迷人的色泽，颇有几分明星的气质。不管走到哪里，总是能吸引女性的目光。我身边的朋友，每次去酒吧总会叫上阿占，因为只要他在，总能引来美女拼桌，聊得来的互留微信，想往长期发展的就互存手机号码，更有不洁身自好的朋友，经常借着阿占的光，喝完几轮酒之后就找到了临时女朋友去开房。我和朋友有时会抱怨，为什么阿占人长得帅，又是个富二代，为什么上天精心雕琢了他，对我们就是随便勾勒几笔敷衍了事……

有一次在酒吧，邻桌有个女孩过来搭讪，后来聊开了，另外几个女孩索性全坐到了我们这边，唯独有一个女孩还是老老实实地坐在原来的位置，白衬衫、牛仔裤、帆布鞋，简简单单，清清爽爽，木讷地端着酒杯，眼神恍惚，若有所思的样子，完全融不到周围的环境里，看上去不像是经常出入酒吧的女孩子。从另外一个女孩那里得知，她是朋友过生日被叫过来的，以前没来过酒吧。那次阿占主动上去找她聊天，女孩似乎也对阿占很感兴趣，大概是阿占长得帅气的原因，所有的女孩见了他都没有抵抗力，他们互留了微信号，之后的联系也越来越频繁。后来她成了阿占的女朋友，差一点就成了“准老婆”。

这个女孩叫青青，青青认识阿占的时候，阿占刚刚与交往了4年的姗姗分手，此时的阿占还沉浸在失恋的阴影之中，萎靡不振，全然一副被爱情打垮的样子。

青青大概是心疼阿占，又或者是真的喜欢阿占，所以她经常安慰劝解他，或许阿占被青青的善良和执着所打动，开始不避讳跟青青讲他和前女友的事。他为她坚持了太多，也错过了太多，最后落得一个被戴绿帽子的下场。青青每次都很认真地听着阿占倒着苦水，没有半句怨言，只是越听下去，越心疼眼前这个男孩儿，她羡慕姗姗有个这么优秀、这么爱她的男朋友，替姗姗惋惜错过了一个这么好的男孩儿。听完所有的故事，她开始替阿占感到不值，以一个旁观者的身份对姗姗出轨的行为唏嘘不已。

阿占和青青聊得越来越多，青青喜欢旅行，阿占就许诺有机会一定带青青走遍所有她想去的地方；青青喜欢海，阿占就许诺一定带她去鼓浪屿逛逛；青青喜欢泰国，阿占就许诺带青青从曼谷逛到清迈，去塔佩门看看古城遗址，再去周日夜市吃个底朝天……青青满心期待，他们渐渐融入对方的生活里，每天有什么事都会告诉彼此。

青青和阿占都是常州人，住的也不远，一个市中心一个城北，所以经常能见面。青青是汽车销售经理，阿占为了和青青约会方便，也为了给青青冲业绩，决定买辆车，又死要面子不想开口向家里要钱，所以决定管我们借。东拼西凑了30万，最后加上青青的关系，最终以30万元整的价格拿下了青青店里的一辆英菲尼迪QX60试驾车，这个价格能买到英菲尼迪QX60简直是捡了个大便宜，即使是试驾车，立马转手也能赚个好几万。从此阿占就开始得瑟起来了，有事没事就往青青单位跑，送个午饭送个点心也就成了家常便饭。

有一天我接到一个电话，是我的哥们土豆打来的，土豆想在常州市区开个火锅店，在周边的大街小巷奔波了几天后，还是觉得没头绪，想找我陪他去北京上海这些地方考察考察，我说没时间，你找阿占吧，他现在闲得只剩下时间了。后来阿占就跟土豆俩人去了外地，足足有半个月之久，期间阿占时不时地就会给我发一些他们在酒吧玩乐的照片，我通过语音问他：“你天天这么玩，青青不担心你吗？”

阿占说：“天高皇帝远的，谁能管得着谁啊，我只是跟她说和土豆来北京考察，再说我们吃喝玩乐不也是为了工作嘛。”

我半开玩笑地说：“回来请吃饭，不然我可就打小报告了。”

很多人之所以迫不及待地寻找另一半，不仅是因为年龄的紧迫感，更多的是那些来自周遭的朋友、亲友以及父母连绵不绝的关心。他们总会在各式各样的谈话中携带这样一个致命的问题——你有对象了吗？仿佛找对象是在这个年龄段必须完成的任务。

阿占从北京回来后就遇到了这个情况，父母时常就会问他：“儿子，你有对象了吗？”阿占也没跟他爸妈说青青的存在，所以，他爸爸给他安排了几场相亲，阿占对相亲这种事肯定是不敢兴趣的，但是迫于家里的压力，他还是背着青青偷偷地相了几回亲。

有一次青青看阿占的手机，无意中看到了我和阿占的聊天记录，知道了阿占相亲的事，两人因为这件事大吵了一架，青青一个礼拜没有和阿占讲一句话，后来大概是因为阿占认错的态度比较诚恳，每天往青青的单位送花，附上写有情话的小卡片，最终青青还是原谅了阿占，两人和好如初。

两人和好还不到半个月，有一天晚上阿占又给我打电话了，让我叫上土豆出门陪他吃夜宵。

土豆家离我家比较近，我就打的直接去土豆家楼下接他。土豆一脸堆笑地上了车，问东问西的，一看就是对夜宵不感兴趣，只对阿占的八卦感兴趣。一脸坏笑地问我："说说，这次又是因为什么事？青青不会把他赶出来了吧？还是上次去北京的时候找姗姗被青青知道了？"

我愣了几秒，回想了下他刚才说了什么，然后问土豆："你们去北京的时候他还去找姗姗了？"

土豆一脸疑惑："我靠，他没跟你说？你可不要说是我说的。"

我冷冷地答道："那我就说是狗说的。"

阿占约我们在一个老社区楼附近的夜排档吃夜宵，这边也是我们经常在酒吧喝完酒后过来解酒的地方。刚走近就看到阿占一个人已经喝上了，土豆坐下拿起酒瓶就开始吹，咕嘟咕嘟吹了大半瓶，才放下酒瓶说："啊呀妈呀，渴死我了，晚饭吃咸了。"

我看到阿占就白了他一眼，然后继续喝自己的酒。

"有没有烟，我烟忘带了。"土豆冲阿占问道。阿占把烟递给土豆，土豆点了根烟猛吸了一口问道："说吧，又是什么事？"

阿占冷静了几秒钟组织了下语言后答道："我之前不是家里逼我相亲的嘛，我认识了一个妹子，人还不错，长得也还可以，所以我跟她后来就聊上了，我无聊的时候就会找她聊天，她无聊的时候也会找我聊天，有一次她晚上约我看电影，我就找借口跟青青说你们找我有事，就陪她去看电影了，结果电影票忘在车里了，第二天中午我再去车里找已经没有了。”

土豆听了来劲了：“啊，电影票肯定被青青发现后拿走了呗，难不成你车里还有脏东西啊……”

“呸呸呸呸呸……我眼前就一个脏东西，你全家都是脏东西……”

“那后来呢？”我又好奇地问道。

阿占：“青青没有什么不正常的地方，还是和往常一样，但今天我帮她给手机充电的时候无意中发现那两张电影票被她藏在手机壳里。”

“这个女人不简单呐，藏得深，有城府。”土豆一副不嫌事大的嘴脸说道。

我说：“她可能不想当面拆穿你，想等你哪天自己主动向她承认呢，是个好女孩啊，给你留足了面子。”

阿占说：“我就是搞不清她想怎么样，所以我心虚跑出来找你们了，想让你们给我分析分析。”

我想起在出租车上土豆跟我说的事，又问阿占：“你去北京的时候是不是找姗姗了？”

阿占瞟了一眼土豆，土豆立马把头转到一边去。

阿占傻笑着答道：“找她吃了个饭，她现在跟那个老男人分手了。”

我：“那你有没有做对不起青青的事情？”

阿占：“我是那种人吗？就吃了个饭，她想跟我重新开始，我明确表示已经有女朋友了，真的就只是吃了个饭而已……”

我们就这样有一搭没一搭地聊了一整个晚上，期间青青没有给阿占打一个电话，只是发了一条短信，让阿占别喝酒，早点回家。最后天都亮了，我们仨就一起去了小巷子里的一家卖早饭的店，一人吃了一屉小笼包、一碗豆腐汤外加一根油条后就各回各家了。

后来阿占告诉我，那天早上他在街上站了好长时间等花店开门，买了一束玫瑰花回家跟青青承认了错误。青青很开心，当着他的面撕掉了那两张电影票。

有的人说，我猜到结局了，他们俩肯定过上了幸福的生活，如果故事到此就结束的话，那就太完美了，可毕竟现实生活不是童话，童话也都是骗人的。

后来姗姗回到了常州来找阿占，阿占没有见她，姗姗得知阿占有了新女朋友之后，气不过，千方百计打听，最后不知道从哪儿要到了青青的电话号码，估计又是土豆给的。

姗姗约青青见面，青青也很爽快地就答应了，她们约在了一家离青青单位不远的咖啡厅里。姗姗一见青青，废话没多说，直接摊牌表示要把阿占追回来，青青也表示愿意接受公平竞争。姗姗为了证明自己爱阿占比青青多，要求和青青比魄力——喝深水炸弹。深水炸弹是一种鸡尾酒的名字，在杯子里倒三分之二满的啤酒，在小杯子里倒满伏特加，然后将小杯子沉入宽口杯。

姗姗让咖啡厅吧台小哥调了10杯深水炸弹，10杯酒刚被端到桌上，青青二话不说也不问规则就一口气闷了两杯，姗姗看呆了："你喝这么猛，醉了我可不负责料理你。"

青青："别废话，还喝不喝了？"

青青一杯一杯地喝着，中间偶尔停顿一会儿，她俩最后一共喝掉了17杯深水炸弹，其中5杯是姗姗喝的，其余都是青青一口闷的。

最后青青醉得不省人事，是姗姗打电话让阿占来接的，阿占把青青抬上车再抬到6楼，细心照料着她。

第二天中午，青青醒来看到眼前的阿占时，情不自禁地笑着说道："我赢了。"阿占缕了缕青青的头发，抚摸着青青的脸，他向青青承诺来年要给她一个婚礼，青青有点羞涩又有点兴奋地点了点头，心里都是满满的幸福。

那年冬天，常州下了一场不大不小的雪，阿占和青青相约出去玩，那天外面依然飘着雪，青青跟阿占说：“以前我看到一句话，我们不打伞，会不会一直走到白头，如今身临其境了……阿占立马接过她的话说：“会的。”那么唯美的画面，和着动人的情话。

可是没过几天，阿占提出要跟青青分手，青青不知道发生了什么，完全懵住了，她以为阿占是在跟她开玩笑，可是阿占一遍遍地在电话里说着对不起。青青终于知道阿占不是在开玩笑，这是真的。她强忍着情绪问阿占：“为什么，前两天不是还好好的吗？你不是还答应要带我去塔佩门的吗？你不是还说要娶我的吗？”

阿占：“对不起……”

那两天青青连番轰炸我和土豆的电话，问我们阿占怎么了，发生了什么事，她甚至打电话给姗姗，姗姗表示之后没和阿占联系过。

我和土豆也连番轰炸阿占的电话，总是不在服务区，要不就是关机。后来我和土豆直接去了阿占的家里，阿占的爸爸告诉我们，阿占去外地了，也找不着他人。

我一天打好几十个电话给阿占，从早晨起床就开始打，终于打通了，我的火一下子就冒上来了：“你大爷的，你死哪儿去了，电话也不接，我还以为你让车子给撞死了，抬殡仪馆了！”

阿占似乎很淡定：“回来再说吧，我现在在海南。”

两天后阿占回来了，我们去了土豆那儿吃晚饭，阿占告诉我们说，自从那次和那个相亲的女孩子出去看电影被青青知道了之后，他们就再也没见过面了，但还是一直保持着联系，阿占渐渐开始觉得他似乎喜欢上了那个女孩，但也喜欢青青，一种说不清的感觉，他不知道自己到底喜欢谁，一直瞒着青青觉得对青青也是一种伤害。所以他做了一个决定，他删掉了那个女孩的所有联系方式，和青青分了手，一个人跑去海南放空自己。

阿占说："我去了海南冷静了一段时间想清楚了，想给自己一点时间，如果时间久了我还是爱青青，我会去找她，如果到时候青青有对象了，那我也会祝她幸福。"

我说："那你也应该给青青一个交代啊，都是成年人了，还跟小孩子一样玩失踪，分手不要当面说清楚吗？好歹吃个散伙饭吧，她这两天找你都找疯了。"

阿占听取了我的意见，约了青青吃饭，两人去了市中心一家新开的主题餐厅——分手餐厅。刚坐下，就有服务员给他们拿来菜单，阿占看了一眼菜单后惊叹道："怎么全是空白的？！"

服务员见阿占一脸诧异解释道："我们餐厅是分手主题餐厅，顾名思义，是吃散伙饭的地方，菜单是空白的，男方给女方点女方平时爱吃的菜，女方给男方点男方平时爱吃的菜，本店常见的菜都能做，随便点。”

阿占还是一脸诧异，因为他根本不知道青青平时喜欢吃什么，就在阿占犹豫的时候，青青开口了：“一份雪菜炒鱿鱼，一份红烧鸡块，一份鱼香肉丝，再来一份宫保鸡丁，不要放黄瓜。”阿占惊讶了，这都是平时自己爱吃的菜，因为对黄瓜过敏，所以宫保鸡丁里面也从来不放黄瓜。他看着青青又想了想自己，觉得十分羞愧。

这时服务员问阿占：“请问先生需要给女士点些什么呢？”

这时青青立马帮阿占打圆场：“不用了，我点的这些都是平时我们俩爱吃的。”

阿占满怀愧疚地吃完了这顿饭，两人之后也不经常联系，都是青青偶尔发短信让阿占注意天气变化，多穿衣服。

两个月后青青生日的那天，她打电话让我叫上土豆去家里吃晚饭，其实我知道，她肯定想让我叫阿占一起去，可是她又不好意思说。我打电话问阿占：“青青今天生日，叫我们去家里吃晚饭，你去不去？”

阿占：“我就不去了吧，你们吃吧。”

其实我觉得阿占也还是喜欢青青的，这么好的女孩，有什么理由放弃掉，只不过是因为碍于面子，或者真的还在纠结和迷茫中徘徊。

晚上我和土豆准时赴约，青青还叫了几个同事。吃饭，点蜡烛，唱生日歌，吹蜡烛，吃蛋糕，走完了所有流程。我坐在沙发上看电视的时候，在茶几上看到了一本张嘉佳的书，随手翻了几页，无意中滑落了一张收据，金额10万元，署名是阿占的名字，我便问青青："这收据是你们4S店开的，怎么署名是阿占啊，这10万元是什么啊，你们英菲尼迪也有10万元的车子？"

青青拿过收据笑了笑说："当时阿占买车不是只凑到30万嘛，那款车型即使是试驾车也要40多万呢，最后我和上面沟通了下，才答应40万卖给我呢，这10万是当时帮阿占垫的，我告诉他车子只要30万。"

我听了青青的话脑袋像被锤子重重地敲了一下，对眼前这个姑娘的善良和执着感到钦佩。我不想说阿占有多不识好歹，也不想说他是有多悲催没能娶到像青青这般善良的姑娘。他们都付出了，青青付出的是感情，阿占付出的是承诺，但是有时候承诺就像一张白纸，没有任何意义。

又过去了几个月，有一天傍晚，我接到了一通泰国打过来的电话，我接听了电话疑惑地说了句："Hello？"

"猜猜我在哪儿？"是青青的声音。

我："废话，这还用猜吗，不是显示的泰国嘛。"

青青："我在塔佩门，今天是周六，这里有夜市。"

我：“哟，跑清迈去啦，和谁啊，和阿占吗？哈哈？”

青青：“别开玩笑了，我一个人，我来了这里想通了很多，你知道张嘉佳吗？”

我：“知道啊，怎么啦？”

青青：“他有篇文章叫摆渡人，我不能算摆渡人吧，起码我能算是个主治医生，在遇到我之前，他还是沉浸在失恋当中，遇到我之后，他慢慢从失恋中走了出来，并且有了自己的生活，我感觉我就像个主治医生，治好了他的情伤……”

是啊，阿占病急乱投医，青青把他治好了，为了表示感谢，他甜言蜜语哄“医生”开心，他以为医生给人治病天经地义，而他做的也算足够吧，可是青青不是医生，她是个有感情的人。

承诺有时可以是最美的情话，但也有可能是最毒的谎言。或许世间万物冥冥之中自有定数，别人留给你什么样的伤，总会出现那么个人来替你疗伤。你要是承认感情是存在能量的，那么请你相信这能量必定是守恒的。

8.
当往事化作云烟

云烟，她称自己云烟。

我们认识在大学，但只是认识，并不熟悉。第一次见面，我被她的外表惊艳到了——这绝对是我见过最美的女孩子，青丝丹唇，看上去温文尔雅，一袭长裙随风飘飘，像婀娜多姿的细柳。可惜，她有男朋友，我也没有过多的想法，只想交个朋友。

云烟会跳舞，我当时在校学生会，和她有一些合作，这也算是我们大学时期唯一的一次接触，一来二去，我对她有了一个初步的印象。

原来，她离我心中定义的“女神”其实还差了那么一点——因为她的性格，完全是一个女神经！记得校庆晚会结束后，我们组织了一场聚餐，几瓶啤酒下肚，我们提议玩真心话大冒险。原本只是一个娱乐节目，这孩子却像是打了鸡血一样兴奋，借着酒劲狠狠地颠覆了我们的世界观。

游戏由一个闯关人发起，挨个玩猜丁壳决定输赢，除了罚酒，要么如实回答问题，要么选择冒险，云烟被抽起做了第一个，她也不推辞，卷起袖子，提着酒瓶就上，她的运气不差，连续几关都赢。伙伴们大多选了真心话，无非是有没有女朋友的刺激话题，到我时，也挨着点儿背，输给了她。

“真心话，还是大冒险？”她问我。

“大冒险！”我也不傻，这些敏感的话题你休想从我的嘴里知道！

“好，我让你低着头对着自己的裤裆连着说三声对不起！”

“什么？”

我的世界观瞬间被她击溃，当然，作为一个情感博主的我是不会告诉你们当时我真的那么做了！

这个云烟，真是疯！

那次聚会也是一次小别，后来的我们再没联系，时间像一席凉风，渐渐吹散了那些记忆的云烟。

毕业后的我有了自己的工作，工资不高，待遇一般，但也总算够养活自己。

几年后的一天下午，我意外收到了一封邮件，是一本邀请函，来自老班长——许久不见，周六聚会，切莫推托。已经好久没有见我的那些老同学了，不知道他们过得还好吗？变化大吗？这份期许突然让我乏味的生活又有了点盼头。

周六，如期而至。

成人的聚会，相较于学生时代毕竟不同，多的是酒，少的是放肆！酒场上，我又一次见到了云烟，她，浓妆艳抹，显得更加成熟知性，远远望去，宛如一朵奔放的红玫瑰！只是这只玫瑰，嘴角开始吞吐起了云烟——她竟然学会了抽烟！

酒过三巡，熟络的人们畅谈着当下，缅怀着青春，私底下，我们和云烟搭了两三句话。

“云烟，还记得我吗？”

“你是？”

果然，我的内心泛起些许的失望。

“哦，对不起！”

“没事儿！”

“不是，我说你是那个对不起，低头说对不起的那个！”

她记起来了，虽然方式有点欠妥，但总算记起来了。

“哦，对对对，就是那个！”

“呵呵，抱歉。”她笑着，落落大方，全然没有了当年的神经范儿。

“你结婚了吗？”

“没有。”

“男朋友呢？”我又问。

她沉默，快速而不失优雅地点起一只香烟，将自己藏在了云雾里。

这个问题，看来是我多嘴了，为了避免尴尬，我举起酒杯：“什么也不说了，都在酒里！”

她没有拒绝，端起酒杯，豪爽地一饮而尽，这一点倒是没有变。那天的聚会持续到深夜，很多人都喝得不省人事，云烟是，我也是。酒局，这真是个联络感情的好东西，原本不太亲密的人因为几杯威士忌就敞开了心扉，互诉衷肠！

“加上大学，毕业后，我有过三个男朋友，最近的一个前天才分手。”云烟醉醺醺地开始嘟囔。

“那个负心汉不知道什么时候背着我，在外面又找了一个。有一天，我们正在逛街，买了好多东西，他帮我提着，我帮他擦汗，神仙眷侣，其乐融融！那个女人不知从哪里冒了出来，上前就给了我一记狠狠的耳光，就这儿，这儿……”她显然有点激动，又猛地灌了自己一杯酒，洒出的液体刮花了她嘴角的唇妆，她用袖子抹抹嘴，突然又觉得有点失态，慢慢地捂住了脸，过了许久，她又继续着，“老娘真是被气得不浅，从小到大，还没有人这么对过我！我立刻就回敬了她，边打边骂着，你神经病。男人丢下了手里的东西，拉开了我俩！”

“狐狸精，是我那天最后听到的三个字。”云烟此时已经恨得咬牙切齿，手指的香烟因为用力，被夹得开膛破肚。

原来男方其实是挺喜欢云烟的，无奈他的家里人不同意他们在一起，就给男方偷偷安排了相亲，成功后还订了婚。男的贪得无厌，没有告诉云烟，这个可怜的人一直被蒙在鼓里，直到那天街上的相遇。

“好了，为了这种渣男在这儿生气不值得，你年轻漂亮，追你的人肯定一大把。”我安慰她说。

“你们男人是不是都这么花言巧语，见异思迁！”云烟并没有接受我的安慰，反而问我。

我语塞。

我不知道自己怎么会语塞，但我真的没什么说的，难道要我据理力争，摆出几条论据来驳回她的话吗？我没有这样的勇气！

人生就是这样，不同时间遇到不同的人，或对或错，只是云烟。

就这样，我们的同学聚会变成了一个宣泄的地方，直到下半夜我们才相继离去，临走时，我们互留了电话号码。

这一夜，比以往任何时候都要磨人心智，回去的我早已疲惫不堪，睡了整整一天一夜！

周五，我还是像以往一样继续着我平庸的生活，下班已经是9点过一点，突然，我的手机震了一下，一条短信跳进了我的眼睛：

“睡了吗，我找不到路了，接我一下！”

署名是云烟，她怎么会找不到路呢？

我拨了过去，铃声没响几下就接了起来：“喂，哪位？”

“你不是给我发短信了吗？怎么了你？”

“哦，我群发的，喝醉了，找不到回家的路了！”

“那你现在在哪儿？”

“永宁路的某个公交站长椅上。”

“哪个公交站？喂……”那边已经没有了声音。

我也是无奈，这个家伙也真是能干！喝酒能喝到自己不认识路！慌乱收拾了一下自己的东西，我开车去了永宁路，还好那里的公交站不多，我没走几步就找到了她，她正睡在那冰冷的长椅上，旁边的路人都用奇怪的眼神看着她。

我停了车，没想太多就把她扶上了自己的车，甚至都没有注意到行人们那担心的眼神，似乎我要把这个姑娘怎么样一样！这个家伙睡觉很不老实，即使是把她绑在副驾驶座上，她也没有安安静静地睡一会儿，嘴里还不停地说着胡话："来来来，继续喝，我祝你们幸福美满，断子绝孙……"

她去了婚宴，谁的啊?

……

大都市的清晨，格外的冷清，即使是在我温暖的屋子里，那地板也透着丝丝的寒意直往我的脊柱里面钻，我打了一个冷战，反而清醒了，看看手机——已经是9点钟了！上班要迟到了！

我几乎是一个背越从地板上跳了起来，心急如焚，以最快的速度刷牙洗脸，出门顺手撕了一页日历，又是新的一天——星期六！凌乱的我竟然忘记今天是周末！

"呃，那个……你醒了？！"

我的身后，突然传来了一声问候，是云烟！

"哦……"我又一次语塞，其实我本可以自然地打个招呼的。

"昨天，谢谢你！"云烟的脸上一片红晕，想来她也是感到不好意思了。

"没事，朋友之间帮帮忙而已，话说你怎么了昨天？"我忍不住好奇地问。

"哦，没事，昨天是我前男友的婚礼，我去给他随了礼！"

什么？我的心里瞬间崩溃，换作别人，恐怕这样的事情躲都躲不及，她倒自己凑了上去！但是我并没有打断她的话：“难得相爱一场，毕竟是前男友，我怎么能不去祝福他几句？我的红包看着挺厚，里面没有装钱，只装了几个梨片，这寓意嘛，你懂得！”

我竟莫名地笑了起来，心里有点敬佩这个丫头的做法。

“果然物以类聚，人以群分……”她的话还在继续，“这个男人请的人都是一些老色痞，见我只身前来，就一桌子轮番灌我酒，老娘又怎么不知道他们是怎么想的，哼！想灌醉我，做梦去吧，结果那一桌子的人都被我喝到桌子底下了……”她边说着，嘴里竟然还多了一分得意。

“那后来呢？”我继续问道。

“后来，后来就喝醉了，然后我就独自出来，回了家……可没想到一醒来就在你这儿了。”云烟显然忘记自己昨天醉酒睡在长椅上的事情了。后来，我才知道，这个故事其实远没有这么简单——

云烟和一桌子的人喝完酒，后来新娘新郎过来敬酒，她二话没说就提起新娘手中的一瓶二锅头将剩下的酒全部喝光了，还来了一句“我干了，你随意”，逼得新郎没有办法，在周围的怂恿下硬生生地喝下了一整瓶的二锅头，当场倒地，没了后文，她则潇洒地出了酒店大门……

这个女人，还是这么疯，只是现在她的“疯”却透着成熟。

我留云烟在家里吃了顿速冻饺子，她开心得要死，直夸谁嫁给我谁有福气！我只是笑笑，没有多说话，在她这儿，我给她的印象可能就是寡言。

之后，我们的联系渐渐变得频繁，大多是谈谈自己生活的琐事，她说自己有开一家网店的打算，要自己来当模特！

后来，她的网店就真的开成了！听她说，还小赚了一笔。

那年临近年尾的时候，云烟的妈妈突然从老家给她来电话，让她今年务必回一趟家，我们猜测，可能是家里给她安排了相亲。

那年的冬天，云烟和我再没有联系，偶尔她在微博会抱怨这么一两句：“这是她有史以来过得最艰难的一个冬天”，而我则会幸灾乐祸地点个赞。

2015年的第一场雪，来得比以往更早一些。年初没过多久，我和云烟有了第一次联系。

“我找到了男朋友，不是家里介绍的，你认识，是我初恋！”

初恋？那个文艺小青年张扬！我对他的印象还停留在大学时期，那个时候，他是我们校篮球队的队长，又是他们学院学生会的一个部长，他和云烟两个人的恋情曾经被传为一段佳话，只是后来不知为何两个人分了手。

如今，两个人破镜重圆，希望他们都好好的。后来我听说，云烟因为张扬的工作原因，和他一起离开了这座城市，我们自此断了联系……

有一段时间，我也没有闲着，积极上进，努力相亲，好多次都没有结果。很多时候，我都感觉不是人家姑娘不好，而是自己，心里有个结——如果自己的结局还没有云烟好呢！

今年年初，我没有回家，和家里说公司要留一个人继续开展业务，这样就有机会升职。其实我是怕家里人问我那句：“找到女朋友没有？”可是我没有想到的是，云烟今年也没有回家！

那是除夕夜后的第三天，即使是相互冷漠的城市，过年的氛围仍格外的浓重，不时盛开的礼花点缀着浓云密布的天空，反而别有一番滋味，然而这些滋味我是没有心情细细品味的。我在年前，囤了些啤酒零食，打算这样待到十五号以后，此时正看着电视啃着鸡腿，突然，我的手机响了起来——是云烟。

“喂，你在哪儿呢？我迷路了！”

“在哪儿迷路，你不是在外地吗？”

“我在你们小区，这儿的楼栋怎么都长得一模一样？”

她怎么突然来了？不是应该远在外地享受二人世界吗？

“在小区门口等我，我下来接你！”

慌乱地收拾了屋子，我披了件棉外套出了门，远远的，我看见小区门口站了一个姑娘：那姑娘穿着一件紫色的夹棉风衣，腿上套着打底裤，依然美丽动人，尽管一根长长的围巾将她包裹得严严实实，但她还是不自觉地搓搓手，蹦跶几下，正是云烟！

我愣了愣，连忙跑过去，将自己的一双手套给了她："你怎么大过年的乱跑？！"

"没有啊，这不是都在拜年吗？我来向你要红包！"云烟半开玩笑地说……

又一次，我语塞了，这一次我竟然没有勇气问她为什么会来这儿，尽管有的事情，我已经猜得八九不离十。

"不打算让我到你们家坐坐，难道里面有别人？"她开了腔。

"没有，怎么会，快，进屋！"

进了屋子，我帮云烟放好了包，煮了一点面，让她暖了暖身子。她吃着面，眼睛却看着堆在墙角的易拉罐，我尴尬地笑笑，她却不动声色，喝完了面汤，弱弱地来了一句："来，陪我喝两杯？"

还未等我答复，她已经起开了一瓶酒放在了我的面前，自己咕噜噜地喝了起来。一点水酒下肚，万缕愁思萦绕，我知道自己猜的没有错，她和张扬分手了！

"你怎么不问我和张扬怎么样了？"她自己先开了口，神情淡定，和两年前的那个姑娘判若两人。

“我……怕你伤心”倒是我自己，却唯唯诺诺起来。

“没什么可伤心的，我们的性格不合已经不是一天两天了，记得上大学的时候，我们两个刚在一起，由于陌生，相互吸引的神秘感让我们觉得对方浑身都是优点，直到后来，你知道我的性格，我也知道他的脾气，两个人吵架的时间越来越多，缺点也暴露得越来越多，大学毕业的时候，是他先提出的分手！我伤心了好一阵子……”

“那你们后来为什么……”我打断了她的话。

“后来，我们又一次见面了，在经历了那么多的欺骗、争吵后，我怀念校园时那份青涩的爱情，人这个东西，就是太健忘，忘记别人的坏，温存昔日的好。他也一样，怀念过去，就这样，我们又在一起，重复那一段大学时期的爱恋。但是人会长大，记忆就像那一缕消散的云烟，是永远回不到过去的，我们在一起不到半年，吵架就变得越来越多。有时候，一点鸡毛蒜皮的小事，都会成为导火索，青春，那就像我的名字一样，云烟，一去不返！所以，年后我提出了分手，爱情没有对错，这场恋爱没有对错！”

“云烟……”

不知什么时候，我变得如此的笨，不知说什么，这一次竟然连安慰的词句都想不起来。

“不说了，全在酒里！”……

一杯肝肠断，原是故人心！愿过去的一去不返，愿你执迷不悟时少受点伤，前方或许依然荆棘密布，但请坚强。

云烟，她这样称自己。

9.
假如一切可以重来

莫名其妙被娜娜拉进了一个微信群聊，一共有三十来个人，我疑惑了一下，是不是快中秋了娜娜想提起给大家发个红包？我守着手机屏幕，本想以迅雷不及掩耳的速度抢下第一个红包的时候，娜娜发言了：“朋友们，我的婚礼定在了十月三号，请柬已经给你们发出去了，务必赏光。”

群里没有声音，也没人回复，之前几个打着问号的朋友也突然消失了，我半开玩笑地回了一句：下次再去。然后退出了群聊。

刚退出去没两秒钟，娜娜的电话就打过来了：“你听到没啊，十月三号，我真结婚。”

我心想，你在南京我在常州，你就这么通知一声我就要屁颠屁颠跑到南京，还要包个红包，多不划算。于是我说：“最近多闯了两个红灯，还违章停车了，罚了好几千，穷得饭都吃不上了，你知道我今天早饭午饭吃的什么吗？早上一包豆浆半根油条，中午就吃早上剩下的那半根油条。”

“红包免了，人到就行了。”娜娜说。

我一听不要红包，兴奋起来了：“酒店名和时间发给我，我瞄一眼档期。”

娜娜不耐烦了：“滚吧，不来拉倒。”

我眼看一顿饭就这么没了怪可惜的，就发微信给她：“是不是真不要红包啊？”

娜娜回我：“我高中同学一人一千，我公司同事一人五百，我的常州小伙伴们也一人一千，你看着办吧。”

娜娜是我在阿占的酒吧认识的，平时我喜欢坐吧台，她也喜欢坐吧台，之前还经常会在酒吧碰到，所以眼熟，并没有交流过。后来有一次我把我朋友咸菜喊去一起喝酒，碰巧娜娜也在，娜娜过来跟我搭讪，我自我感觉非常良好地闷了一口酒，然后点上了一根烟。这时娜娜开口了：“那位是你朋友吗？能把他手机号码给我吗？”我一口烟呛在喉咙口慢慢地咳了出来，说：“当然可以。”于是就把咸菜的手机号给了她，她随即就加上了咸菜的微信，那天聊了半天。最后的正式认识是这样的，咸菜走到吧台绕了一圈，没找到人，然后娜娜朝他招手。咸菜走上前去，好巧呀。

当时我还在想，你们早就认识？后来听咸菜说，娜娜那次向我要了他的手机号之后，立马就加了微信聊上了，然后说自己在XX酒吧，咸菜说太巧了我也在，于是娜娜就约他见一面，自导自演了一场邂逅。

娜娜经常会叫咸菜去喝酒，咸菜每次也都叫上我，我当然知道自己的瓦数比较大，但咸菜性格既内敛又慢热，所以这个时候旁边一定要有一个会说会唱会讲段子还会出主意的大帅哥同行。

有一次咸菜突然发短信问我：你觉得娜娜怎么样？我大概意识到什么，然后又不敢确定，就回了他三个字：不知道。他也毫不吝啬地又回了一条短信，就一个字：滚。

自从认识了娜娜之后，咸菜总是叫我出去喝酒吃夜宵，借着吃夜宵的机会，我问咸菜："你是不是对人家姑娘有意思啊，一个大老爷们儿干嘛磨磨唧唧的。"咸菜猥琐地笑笑，然后说："只是有点好感，怎么就扯上喜欢不喜欢了。"

"好感不就是喜欢的小时候吗？好感攒够了不就是喜欢了吗？"我说。

咸菜："什么跟什么，情感博主不要搞得跟段子手一样好吗？"

我："喜欢就表白啊。"

咸菜一边跟我吃着夜宵聊着天，一边拿个手机回着微信，我偷偷瞄了一眼，备注是“娜”，还真够恶心的。

那次交流之后，我更加确信了咸菜只是慢热，或许还有点闷骚，所以不敢捅破这层窗户纸，我有点坐不住了，迫切地想促成这段感情。所以，一有机会就想从咸菜嘴里套出点话，可是这孙子嘴严得很，摆出一副一问三不知的架势，想从他嘴里套出点话简直比让公鸡下蛋还难。

有一次我和咸菜都喝大了，路都走不稳了，娜娜不认识我家的路，所以就把我们打包一起送回了咸菜家。进门后我自己爬到一个角落里醒酒，娜娜把咸菜搬到床上，然后开启了保姆模式，把咸菜家从头到尾打扫了一遍，动静大得简直想骂人，我被她从地上赶到沙发上，又从沙发上赶到地上，最后无奈一个人爬到阳台上睡了。

第二天中午醒来，咸菜家干净得就像被舔过一样，娜娜做好了午饭等我和咸菜开饭，饭桌上，娜娜对咸菜说：“昨天打扫卫生的时候我在你家藏了五张小纸条。”

咸菜一脸疑惑：“小纸条？干吗的？”

娜娜：“为了让你偶尔的时候想起我，哈哈……”

咸菜没有继续问，娜娜显然有些尴尬，我看他一副要死不活的样子，真替他着急，赶紧救场：“今天这菜味道正好，这汤有点儿咸……”

后来的一段时间里，咸菜和娜娜的关系没有更进一步的发展，咸菜依旧慢热，娜娜依旧热情。咸菜陆续看到了娜娜藏在他家里的小纸条。

早上起来刷牙的时候，发现洗脸池旁边的绿萝盆下压着一张纸条，好像故意露出一个小边，咸菜拿起纸条，上面写着：“起床了吧？我希望你起床第一个想到的人是我，也可能你在洗漱准备睡觉，那也没关系，睡觉前想的人还是我。”

咸菜去冰箱拿水饺准备煮水饺吃，发现冷藏柜里还有一张纸条：“别总吃速冻食品，有时间自己做饭吧，没时间你可以找我，我给你做。”

在书房的笔记本电脑下也找到一张纸条：“嘿，注意劳逸结合，注意保护视力，别一直盯着屏幕看有辐射。”就连咸菜上班，在鞋柜的一只鞋子里，也发现了一张纸条：“温馨提示，出门别落东西了，如果你是回家，无聊了可以打电话找我聊天。”

可是之后咸菜再也没从家里找到过纸条，他明明记得娜娜说有五张纸条，所以他又刻意把家里可能藏纸条的地方都找了一遍，就是没有找到第五张纸条，他想，可能是娜娜忘记放了吧，也可能是被当作垃圾不小心扔掉了。

突然有一天，咸菜跟我说娜娜想去爬黄山，所以他跟娜娜一起去。我窃喜他终于开窍了，一起去爬山是个好机会啊，终于要进一步发展了，临行前一起吃了顿火锅。我叫来服务员："要三份牛鞭，是的，三份。"

咸菜问："点牛鞭干嘛，我们俩吃三份吃得了吗？"

我答："不不不，这三份牛鞭是专门给你点的，好好补补身体，去了才能有干劲。"

咸菜："去你的。"

娜娜一个人低着头偷笑……

怕娜娜冷，咸菜把外套、手套都脱给了娜娜，娜娜恐高，下台阶的时候咸菜就把围巾系在娜娜的腰上拉着她走。娜娜能感受到咸菜也是在乎她的，但不管娜娜怎么暗示，咸菜始终不肯承认喜欢娜娜。在山顶的时候，娜娜试图主动打破这种关系，她亲了咸菜，咸菜没有拒绝，她跟咸菜告白，咸菜没给答复。就这样，在这种不冷不热不清不楚的关系下，两人结束了三天的黄山之行。

回到常州后，咸菜像是刻意躲着娜娜，娜娜约他出去玩他也不去，我叫他去酒吧也总是要先问娜娜去不去。娜娜找不到咸菜的时候就会上微博来找我聊天，我也会时不时跟她扯上两句。

"咸菜到底是怎样一个人，为什么我对他示好他不接受，也不拒绝呢？”娜娜问。

“他可能是双性恋，但是喜欢男的更多一点。”我开玩笑地说。

娜娜：“真的假的，那你们是好基友吗？”

我：“去你的，你全家都是好基友……”

娜娜：“哈哈，不是就好。”

我骗娜娜说：“他被前任伤过，被甩两次还被戴了绿帽子。”

“我可以等他，多久都可以。”娜娜说。

我：“别等了，三条腿的蛤蟆不常见，两条腿的男人到处是，好男人还多着呢，你多留意留意。”

娜娜：“好男人在哪儿呢？”

我：“你看，有那么一个人，他既风趣又有才华，会写情话又会说段子，情商高智商也高……”我刚说你要不要考虑一下的时候，发现我已经被拉黑了。

有一天深夜，娜娜给我打电话，我正在电脑前编辑东西，以为娜娜肯定是喝醉了打错电话了，接起电话：“你打错了。”就把电话挂了。之后电话又响了，我接起：“什么事？”

电话那头的娜娜显然是醉了，说话含糊不清还有点大舌头：“我没打错，我找的就是你，他的电话没打通，我就打给你了。”

我：“有事没事，没事挂了，你醉了吧，早点回家。”

娜娜急了："你们男的都一个德行，我这么喜欢他，他如果不喜欢我为什么不直接拒绝我，就这么吊着我算什么意思，把我当备胎呀，还是当他的免费保姆啊。"

"也许他只是想多观察观察你呢。"我说。

娜娜："那观察还没个头了，至于一点暗示都没有嘛，这分明就是把我当备胎嘛。"

我没说话，娜娜又说："我其实就想要一个答案，不想一个人琢磨了。我今天把自己灌醉，就是想给自己壮壮胆，跟他要一个答案，结果他电话也不接我的。"

我没打断她，也没有挂断电话，一整个晚上就这么听她埋天怨地地诉说着自己的委屈。那天她发了一条微博：愿角色对调，换你爱我爱得快疯掉。之后就再也没见她更新过微博。

那之后的很长一段时间，我没再见过娜娜，她也没有再联系过我，喝酒的时候偶尔会提到她，咸菜总是岔开话题避而不谈。后来我听咸菜说，那天晚上娜娜给他发了一条短信：我累了。

我猜想娜娜挂完电话给咸菜发这条短信，肯定是希望咸菜能回她一个电话，我问："那你回她电话了吗？"

咸菜说："没有，第二天晚上的时候我打过去已经是空号了。"

我：“你主动点会死啊，还有哪个男的比你更磨唧的，谁会一直站在原地等你啊？”

咸菜不说话。

又过了好几个月，中秋前的某天，躺在我微信通讯录里的娜娜突然“复活”了，她把我拉进了一个群聊，宣布她要结婚的消息。后来我跟她通电话得知，她爸妈看她老大不小了，就安排她相亲，后来认识了一个南京的小伙子，在常州上班，相处了一段时间觉得不错，所以就打算结婚了。

我迫切地想把这个消息告诉咸菜，可他电话怎么打都打不通，我干脆就直接去了他家，想知道他听到这个消息是什么反应，刚进门就看到一地的啤酒瓶子，咸菜躺在阳台上，我走上前去说：“怎么搞得跟猪窝一样，昨晚又出去嗨到很晚吧！”

我又说：“娜娜要结婚了你知道吗？”

咸菜：“知道，昨天晚上她发短信给我了。”

我一阵惊讶：“原来我还是最后一批知道的啊！那昨晚你是为她买醉喽？”

咸菜有气无力地说：“我现在只想静静。”

我：“静静是谁，刚认识的？”

咸菜不说话。

“那你昨晚都跟她聊什么了？”我问。

咸菜：“当时我不知道该回什么，我想了很久，我告诉她我想她，能不能不结婚。”

“那后来呢？”我又问。

咸菜：“后来她就把我拉黑了。”

我以为这么狗血的剧情只会出现在电视剧里，但真的发生在身边人的身上后，就觉得既兴奋又惋惜。

那天晚上，我闲来无事去逛娜娜的微博，无意中发现原本的那条微博下多了一条评论，点开看是咸菜留的：若时光倒流，我会珍惜不让你溜掉。

第二天一大早，咸菜就给我打来电话：“快快快，我动车赶不上了，你来我家接我一下，把我送去车站。”

我睡意朦胧：“你大爷的，这么早你去哪儿啊？”

咸菜着急地说：“快啊快啊，我去南京找娜娜啊。”

咸菜去了南京，但是没能找到娜娜，娜娜就这样消失在了咸菜的生活里，消失在了我们的视野中。之后娜娜的微博再没上过，电话也再没通过。

或许这就是所谓的有缘无分，又或许这是上天对咸菜的惩罚，能量是守恒的，当初有多不珍惜，最后就有多懊悔。

那一瞬间，你终于发现，那个曾经深爱过的人，早在告别的那天，已消失在这个世界。心中的爱和思念，都只是属于自己曾经拥有过的纪念。我想有些事情是可以遗忘的，有些事情是可以纪念的，有些事情能够心甘情愿，有些事情一直无能为力。

我们总是不懂得珍惜眼前的人。在未可预知的重逢里，我们也以为总会重逢，总会有缘再会，也总以为有机会说一声对不起，却从没想过每一次挥手道别，都可能是诀别，而每一声叹息，都可能是人间最后的一声叹息。我们还以为爱情可以填满人生的遗憾，然而制造更多遗憾的，却偏偏是爱情。

娜娜婚期的那天晚上，咸菜又是一个人坐在阳台上借酒浇愁，他躺下的时候，无意中看见洗衣机底下好像有一张纸条，他轻轻地取出了纸条，是娜娜的字迹，上面写着：我藏得这么隐蔽，也许你永远也不会找到它，我也不想让你找到，也许过了好久好久你才会发现它，也许最终我们没有能够在一起，当你看到这张纸条的时候我不知道我此刻是否还爱着你，但我曾经真挚地爱了你好久好久，即便故事结束了，我还是希望你能照顾好自己。

没错，这是娜娜留下的第五张纸条。

那晚，咸菜给我发了一条短信：是我错了，没抓住她，我爱她也祝福她。

1分钟后，又发来一条：如果可以重来……

我知道第二条短信他本来应该发给娜娜的，但没有理由再打扰她的生活，所以他选择发给了我。

10.
寒冬里的守望者

八斗风趣幽默，大学毕业后留校当了辅导员，身边美女如云却片叶不沾身，这和他的身份显得有点格格不入。

有时候几个朋友聚在一起喝点小酒，坐在一起聊天，人们总会问他为什么不找女朋友，他总是尴尬不已，害羞地说他有女朋友，已经交往了八年，可这个女朋友是谁，我们却从来没有见过。

最终这件事被我们当成了笑话，从此不再提起。

2012年冬天大雪纷飞，听闻八斗即将大婚，让我们哥儿几个长舒了一口气，看来他终于要放弃那个八年女友了。

我们准备大肆庆祝他脱离单身，可还没等活动组织起来，他却先找到了我，破天荒地拉着我去喝酒。

烧烤店的老板娘趴在桌台上，显得昏昏欲睡，周围已经没有了人，只剩下我们这一摊，空空的啤酒瓶堆放在桌子底下，显得异常凌乱。

八斗艰涩地喝完最后一杯酒，斜靠在我的肩膀上，迷迷糊糊地说道："你知道……"

幸亏这里没有多少人，不然让他靠在胸口，两个大男人之间像什么话！如果店里的人再多一点，我都不知道该怎么走出去。

窗外，零星的爆竹声打破了夜的寂静，时不时冒出的焰火照亮了漆黑的天空。年关已然临近，临近年关的日子，总是不太好过，八斗也不例外。

借着酒意，八斗终于说出了他的痛苦："我终于要和她结婚了，可却一点儿也高兴不起来。"

八斗酒量最多也就一瓶，可这天晚上他足足喝了十瓶，显然已经超出了他的承受范围，终于他醉倒了，醉得稀里糊涂，吐得满地都是。

我想问他到底发生了什么，可他一个字都不提。

当我扶着他走出店门，已经是凌晨一点多钟，寒冷的空气让他清醒不少，他抱着头蹲在马路边上，无声地哭泣着。

"你知道我有多痛苦吗？"这是他今夜跟我说的第二句话。

我深深叹了一口气，问道："到底发生了什么？有什么就说出来，或许会好些。”

我心里胡乱猜测着，或许是那个女孩悔婚了，又或者结婚缺钱，又或……一大堆的疑问在我的脑海中浮现出来。

八斗家的贫穷我是知道的，他和这所城市中刚打拼的年轻人一样，即使再怎么努力，改变命运都很难。

他的父亲已经六十多岁，母亲又瘫痪在床，就算有三个出嫁的姐姐，也不太可能帮上什么忙，况且我们这里的风俗，结婚怎么也得十多万，对于这样的家庭无异于天文数字。

我问道：“是不是钱的问题？我可以找其他同学想想办法，总会过去的。”

八斗没有说话，还是继续蹲在地上哭泣着，让我有些愤怒了。

我一脚将他踹倒在地，他竟然没有任何反抗，像一只垂死挣扎的狗一样趴在地上，任由冰冷的地面贴在脸上。

他的这种反应，让我心里更加来气，又使劲踹了他几脚，骂道：“你是不是男人，有什么不能说的？”

八斗愤怒地挣扎着爬了起来，看向我的目光，是那样的委屈和不甘，怒吼道：“我真没用!”

说完这句话他冲上来和我扭打了起来，吓得偶然路过的路人纷纷躲避，终于在我挨了他好几脚后停了下来，一屁股坐在了马路牙子上。

“给我一根烟！”八斗将手伸了过来。

我从来没有见过八斗抽烟，有点诧异地看着他，不过还是给他点上，他深深抽了一口后，猛烈地咳嗽起来，咳得眼泪像掉了线的风筝。

好一阵，他才停了下来，手抖抖索索地从上衣口袋中掏出了手机递给了我，声音有些颤抖地说道：“你看看彩信！”

彩信有十几条，我随便点开一条，画面不堪入目，发信息的人是个陌生号码，我不清楚照片中的人是谁，就觉得里边这个男的不是一般的嚣张。

彩信不光有图片，还配有文字，上面写道：“有种等着，我要杀了你全家。”

这让我有些莫名奇妙，问道：“怎么回事啊？”

八斗颤抖着说道：“里边那女的就是我媳妇，你说怎么回事？”

我真有点后悔打开彩信了，这叫什么事！我真想找到这男的给他一刀，可我和八斗一样，都是老实巴交的人，遇到这种事，真是找不到出气的方法。

我气愤地说道：“这女的一看就不是个好东西，和她结婚，你脑子没病吧？！”

八斗无声地哭了起来，哽咽道：“不结婚能怎么办？我们家已经给了她八万彩礼钱，要是退婚这钱根本要不回来，你也知道我们家的情况，我爸说如果我退了婚，他就和我断绝父子关系，从此没我这个儿子，你说我能咋办啊！”

“这……”我沉默良久，想要说点什么，可是却什么也说不出来，只得任由他哭泣着。

终于我送走了他，他和我说完后，心情好了很多，但我的情绪久久不能平静，想为他做点什么，可想来想去总觉得帮不上什么忙，其实做朋友的，能够认真听他说说心里话这就够了。

自此之后的好长一段时间，我都没有八斗的音信，他仿佛从世界上消失了一般，打电话不接、QQ留言不回。

直到他结婚前的一周，我才突然接到他的电话，那一瞬间我是愤怒的，劈头盖脸地骂道：“我还以为你死了呢！这么长时间不联系，你眼里还有没有我这个朋友？”

电话的另一头，传来一片寂静。

我气得骂道：“说话啊，死了没有，没死就给我喘声气！”

他这才说道：“对不起，这段时间有事，就没联系你，我这会儿就在你家楼下，你快下来，我有点儿事想跟你说。”

听他的声音好像非常消沉，迫使我以最快的速度下了楼，害怕如果再晚一点，他真的会去自杀。当我看着他的背影时，差点儿以为认错了人，要不是他那件熟悉的棉衣，我都准备转头回去了。此时的他已经瘦成了人干，空荡荡的裤管随着寒风摆荡着，模样说不出的怪异。

我问：“怎么瘦成这样？有啥事也不至于把你弄成这样吧！”

八斗的目光有些躲闪，好像做贼似地说道：“没……没事，就是晚上睡得不太好！”

我笑道：“没事就好，身体是革命的本钱，有啥事跟哥们说，千万可别跟自己过不去！”

八斗顿了顿，脸色有些为难，吭哧了半天才说道：“你有没有医院的朋友，帮我搞包打胎药，药店里买不到！”

“什么？”我震惊道：“你都快结婚的人了，怎么不学点好，把谁家的姑娘肚子又搞大了？”

八斗苦笑道：“你说什么呢，我是那样的人吗？是我媳妇有了，我想打掉。”

本来是想恭喜他，可转念一想，又觉得哪里不对。

我试着问道：“把孩子打掉干吗？现在不是好多人都奉子成婚吗，这有什么丢人的？”

这句话明显刺激到了他，他抖抖索索地摸出一根烟，熟练地点上吸了一口，直接蹲在地上，痛苦得用手抓着头发。

半晌他才说道："不是我的！"

我彻底呆了，本来不想多问，可忍不住问道："不是你的那是谁的？"

八斗没有回答我，而是继续蹲在地上，使劲抱住头，抓着头发，看样子精神好像有点不太正常，好半天他才情绪稳定下来。

他气愤地说道："本来我还不知道，可前几天那男的打来电话，说他们已经有了孩子，让我放弃她，我才知道原来他们的关系已经这样深。"

我问道："那你媳妇怎么说，是跟那个男的还是跟你？"

八斗一阵苦笑，说道："我媳妇能有啥说的，她爸是个赌鬼，早把我送的彩礼钱还债了，就算现在想着退婚，她爸也肯定不会同意！"

我忍不住劝道："她都怀了别人的孩子，你娶这样的女人值得吗？"

八斗无奈道："有什么值得不值得的，我爸说现在好多人不就这么过的吗？就连孩子都替别人养，我这点事情又算得了什么。"

我心里暗骂一声："这爹当的！儿子头上顶着个绿帽子，还觉得理所当然，这也能算个人？"

八斗顿了顿，苦笑道："况且我从初中就开始喜欢她，这么多年了也算梦想成真，但愿我是个寒冬里的守望者，有一天能化开坚冰，得到幸福吧！”

我忍不住骂道：“还化开坚冰，这都让人欺负到头上来了，还幸福什么！”

不过我也实在是太无奈了，没办法只好拨通医院同学的电话，她告诉我怀孕四个月已经不能吃打胎药了，只能做人工流产，我只好又让她联系个妇产科医生。

第二天寒风中，我足足等了两个多小时，八斗才和他的媳妇姗姗来迟，初次见他的媳妇，给我的印象很差。

怎么说才好呢，这女的年纪不大，可一脸的老态，脸上深深的褶皱和干涩的皮肤，倒像已经生过好几个孩子的老妇女，让我打心底里为八斗感到不值。

八斗见了我，一路无话。我带着他们去找同学，然后办理手续，把他媳妇送进了手术室。

医院消毒水的味道让人不是很舒服。八斗坐在休息椅上，将整个头抱了起来，身体蜷缩着，那种感觉让人有种说不出的疲惫。

过了大概半个小时，医生走了出来，问道：“谁是病人家属？”

八斗麻木地起身走了过去，医生劈头盖脸地骂道：“你这男同志有没有一点责任心，你媳妇子宫壁都那么薄了，还来做手术，不要命了吧？”

“医生，你的意思是？”八斗问道。

医生冷冷地说道：“你媳妇起码做过三次人流了，还有脸来问我，我警告你这次是最后一次，如果再有下次，那你自己看着办吧！”

医生的话瞬间让八斗的脸色苍白得有些吓人。

“你没事吧？”我问道。

八斗一把推开了我，面色铁青地转身跑了，把我一个人留了下来，他媳妇也需要人送回去不是？这事办得实在是太丢人了。

腊月十六这天，应该算个好日子，天空中一大早就飘起了雪花，随着十万响的鞭炮响起，八斗的婚礼拉开了帷幕。

为了省钱，迎亲的车队都是几个要好的哥们找来的，杂七杂八的牌子，最好的一辆是朋友单位的公车奥迪A6，虽然有些老旧，但被我们擦洗干净，还算看得过去。

婚宴的酒席定在了八斗单位的食堂，他们领导倒也好心，场地和厨师全部免费，菜品酒水也张罗了不少。

乘着迎亲的空档，一群平时玩得比较开的姐儿们把八斗拉进了一个小包间，用随身携带的化妆品把他打扮起来，终于让他焕发了年轻的人的活力。

当他牵着新娘的手走上红地毯时，几个嗓音不错的朋友临时拼凑的乐队，奏响了结婚进行曲，曲子温婉流转，场面温馨得让好多女同学都忍不住掉泪。

在八斗和他媳妇的这场爱情长跑中，他付出的太多了，不能不让人感动。

举行完仪式，当主持人让他说两句的时候，他紧张地握住话筒，放在嘴边张了好几次口，还是一个字也没有说出来，八斗本是个不善言辞的人，最后只得以一声“谢谢”收场。

八斗的婚礼，最后变成了一场狂欢的朋友聚会，新郎本来这天不会有人劝他喝酒，但八斗还是端起酒杯，用一杯杯的酒水表达自己的谢意。

婚后的日子或许是幸福的，又是很长一段时间，我都没有见过八斗，我想或许他应该沉浸在幸福的二人世界中了吧！

后来，直到他打来一个电话，向我借两万块钱，我才再次见到他。

他约的地方还是我们经常去的那家烧烤店，只不过原来的老板娘，已经换成了一个笑眯眯的中年人。

坐下来没多久，八斗就到了，没有热情招呼，也没有寒暄问候，坐在对面的这个人，突然间让我陌生起来，原本熟悉的感觉荡然无存。

我开玩笑道："这段时间是不是忙着和媳妇亲热，连我这个朋友都忘记了！"

他苦笑一声："怎么会，一直挺忙的。"

看着他憔悴的样子，我觉得他彻底变了，到底哪里变了，却怎么也说不清楚，点的菜他一口也不吃，就光顾着喝酒，而烟更是一根接着一根。

我骂道："看你的样子就不像忙的人，有话就说，有屁就放，我不是陪你来抽烟喝酒的。"

沉默了良久，他才吞吞吐吐地说了真话："其实结婚后没多久她就跑了。"

"跑了？"我惊讶得合不拢嘴。

他露出一丝苦笑："我怎么就那么笨呢，当初她说要回娘家，我也没当回事儿，可等了好几天也不见回来，我到她家去才知道人早跑得没影了。"

我问他："是不是和那个男的一起跑的？"

"大概是吧，后来他们家亲戚看我可怜，才把实话告诉我，原来她是搞传销的，而那个男的也是和她一起的，为了找她，这半年来我没日没夜地四处晃荡，我不敢停下来，害怕一停下来，人就会崩溃。"

顿了顿他说：“前几天，她突然打电话给我，说她在广西那边做生意，缺两万块钱翻本，等翻了本她就回来，你知道我结婚后就没什么钱，所以来找你！”

我说：“搞传销的你也信？”

“你知道我很喜欢她，现在终于和她结婚了，也算是梦想成真，就算她骗我，我也毫无怨言，谁让我是心甘情愿的呢！”

说到后来，他开始痛苦得一把一把抓着头发，看着他的样子，我叹息了一声，拿出了准备好的两万块钱，他接到钱后愣了良久，说了声：“谢谢！”

我知道这声“谢谢”的背后，藏着的是这个男人的尊严，如果不是他走投无路，根本不会来找我借钱，我不想把一个人逼上绝路，即使这两万块钱打了水漂，我也心甘情愿，谁让他是我朋友呢！

一年后：

他高兴地告诉我，他媳妇被警察遣送回来，那个和她纠缠不清的男的判了十年，终于打断了她的所有念想，这回再也没有跑的动静，和他安生过起了日子。

又过了一年：

八斗带着他的媳妇和孩子来看我，进了屋，他媳妇就忙着给孩子换尿布，大大咧咧地当着我的面给孩子喂奶，还时不时地指使八斗干这干那，看着这个为人妻为人母的女人，我真有点不太相信她有过那么一段往事。

不过这次八斗来找我，主要目的是想让我托人做亲子鉴定，我很委婉地拒绝了，有些事还是不知道的好，人活得那么清楚干吗？知道了真相反而让自己更加痛苦。

又过了一年：

他们的第二个孩子出生了，满月的时候，我去看了孩子，眼睛大得出奇，非常像八斗。他终于等到了他想要的生活，只是这种生活，是否真的值得一个人付出那么多？

11.
丽江故事

在年轻时，有人癫狂，有人迷茫，有人怅然，有人放荡。有人开始了一生中最初的蝇营狗苟，有人提起行囊去了不敢去的地方。

文琦是我在“艳遇之都”丽江遇到的一个女孩，一个我至今遇到过的最特别的女孩。我第一次遇到她是在一个酒吧的门口，那头火红的短发第一时间就吸引了我的注意。

当时的她正在和一个男人吵架。那个男人，是她的男朋友，哦不，应该说是前男友。那个男人的名字叫作华子，是她来丽江的直接原因。

“我们本来就要结婚了的。”文琦说这句话的时候，笑得有些讽刺。不知道为什么，我一直都记着她这个笑容。

文琦和华子是在朋友的聚会上认识的，当时的华子是酒吧驻场歌手，而文琦是初入社会的青涩少女。那时候的文琦，还是一头乌黑亮丽的长发。

“你好，我叫华子。”不知道为什么，这么多人里，华子单单找上了文琦聊天。

“你好。”文琦腼腆地笑了笑，“我是文琦”。华子是那种很明亮的男生，在他进来的时候，大家的眼光几乎都被他吸引了过去。文琦没有想到，这么有魅力的男生，居然会看上她这么平凡的女生。

“你不喜欢这种聚会吗？”华子笑着问道，他的笑容很阳光，让人移不开眼。

文琦摇了摇头，“没有不喜欢，只是不习惯罢了”。毕竟是第一次来酒吧，很多的事情都颠覆了她原本的想象，有点小刺激，还很新鲜。

华子不置可否地笑了笑，像酒保要了一杯鸡尾酒，“送你。”那是文琦人生中喝过的第一杯鸡尾酒，也是唯一一杯鸡尾酒。

在这杯酒的催化下，两人越聊越欢，最后理所当然地交换了联系方式。后来也经常聊天，在一次文琦去听他唱歌的时候，他当众向她表白了。

“当时我觉得自己是世界上最幸福的人，现在想想，真是单纯可笑。”文琦喝了一大口酒，苦笑着说道。

现在的文琦和那时候的她完全不同了，什么酒都试过，却最爱那没什么酒味的甜利。我不知道该说点什么安慰她，或许聆听才是最好的选择。

“文琦，我们结婚好不好？”那天华子的心情很不好，为了哄他开心，文琦逃课出来陪他到处逛。就在送她回去的时候，华子突然说起了结婚的事情。

“啊？”文琦有些蒙，虽然他们在一起已经两年了，但华子从来没有说过结婚的事情，甚至连见家长都没有说过。

“你不愿意嫁给我吗？”

“不是。”文琦慌忙摇头，“我……”想要解释只是因为太过突然，却被华子截住了话头，“那就结婚吧”。

文琦认真地看着他，他的眼神很认真，不像是突然起意。她不知道该怎么回答，只是这么静静地看着他。华子也没有逼她，两人就这么安静地站着，也不知道站了多久。

最后，文琦轻轻地点了点头。

“那时候我真的是很爱他。”文琦眼神迷茫地看着台上卖力演唱的华子，对着我说道，“如果那天我们再冲动一点，或许就不会是现在这个样子了”。

我一直以为她是一个很坚强的女孩，至少在最开始认识她的时候我是这么想的。但是此刻，我却看到了她眼中的泪水。我突然有些明白，她的坚强不过是伪装罢了。

看见文琦点头的那一刻，华子高兴得直接将她抱了起来，欢快地转着圈。文琦也被他的情绪所感染，大声笑了起来。

他们约好第二天在民政局门口见面，文琦一个晚上都没怎么睡好，第二天早早地就出发了。然而，她傻乎乎地在民政局门口等了一天，却没有等到说好要来的人。

“我们去跳舞吧。”说到这里的时候，文琦突然站了起来，拉着我往舞池里走去。

酒吧的舞池一直都是五颜六色的，很有旖旎的气息，我们俩站在中间一点都不显得突兀。文琦是一个很放得开的女生，而且跳舞很好看，没过多久我就被挤到了外圈。

我看着她和别人热情地跳着贴面舞，怎么也没办法将舞池中央的那人和她描述中的少女联系在一起。灯光晃花了我的眼，低头擦了擦眼睛，却突然听到一阵尖叫。

抬头望去，只见刚刚还跳着舞的地方已经被围了起来。文琦！我想到她还在里面，赶紧挤开人群走了进去。看到她好好地站在那里的时候，心里才松了口气。

只是那个正在打架的人，不正是文琦口中的华子吗？他不是在唱歌吗？怎么会突然出现在这里？

“下次要是再敢动手动脚，我绝对不放过你！”华子恶狠狠地给了那人一拳，丢下这么一句话之后便拉着文琦走了。

在酒吧外的走廊上，文琦一把挥开华子的手，“你疯啦，干吗随便打人？”

“我看疯了的人是你，你没有发现那人的手都伸到哪里了吗？我说过了，这不是你适合待的地方，你赶紧回去，别再留在这了。”华子有些气急败坏地说道。从他的神情中可以看出，他并不是不在乎她的。

“我怎么样关你什么事？你别忘了，咱们没有任何关系了。”文琦自嘲地笑了笑，背靠在墙壁上，从口袋里掏出一包烟，熟练地点上，狠狠地吸了一口，才将心中泛起的那一丝悸动压了下去。

华子用一种完全陌生的眼神看向她，突然忍无可忍地抢过她手中的烟，“你居然还学会了抽烟，你到底想干吗？你这样有意义吗？”

“你可以，为什么我不行？”文琦抬眼看向他，表情里满是讽刺，“管好你自己就可以了，我已经有男朋友了，就在那儿，看见了吗？”

文琦突然指向我，我的心咯噔跳了一下，我也不知道自己为什么要跟过来，突然有一种无地自容的感觉。可是脚却像是生根了一样，根本就动弹不了。

“你有你的生活，我也有我的生活，下次别再打扰我了，不然我可不会像现在这样好说话。”文琦说完之后便朝我走了过来，伸手挽住我的胳膊，悄声在我耳边说了句，“帮帮我”。然后踮起脚在我的脸上亲了一下，挑衅地看了华子一眼，便拉着我走了。

“为什么要这样？”我有些好奇，就如同好奇她为什么到丽江来一样。

文琦将我拉到一个角落坐了下来，又掏出了一支烟抽了起来，优雅地吐了个烟圈，开口说了起来：“那天之后，我就再也联系不到他了。”

“对不起，您拨打的电话已关机……”文琦已经忘了自己是第几次拨打那个烂熟于心的号码了，可是每一次都只有冰冷的女声提示着关机。

“别打了。”米菲将她的手机抢了过来，“你再怎么打也没有用，我已经去问过酒吧了，那里的人说他今天辞职了，谁都不知道他去哪里了。他就是不想跟你联系，你再打电话又有什么用呢？”

“不可能！”文琦不相信，“他肯定是出事了，你把电话还给我，我肯定会找到他的”。明明昨天还说着结婚的事情，为什么今天就突然不见了呢？她不愿意相信，他就这么消失了。

“你别再自欺欺人了，不就是分手嘛，这世界谁离开谁不能活。”米菲实在见不得她这么颓废的样子，“好好收拾一下自己，没了这个，咱们再找”。

“你不懂的。”文琦摇头，“爱情并不是可以将就的，除了他，我根本就爱不了别人”。

可是一连几天，华子的电话都是关机，一直到一周后的晚上，他突然用一个陌生的电话打了过来。

“华子，你去哪儿了？你是不是遇到什么事了？”文琦的声音急切又沙哑，“你在哪里，我去找你好不好？”

“文琦，你听我说。”华子的声音有些冷漠，将文琦的一腔热血全部浇灭了，“我们分手吧。这两年我很快乐，但这不是我想要的生活，我停不下来，我追求的是自由自在的生活，我没办法绑住自己的脚步。我也曾经想过要和你过一辈子，曾经想过为你停下来，可是对不起，我没办法做到”。

“你说什么？”文琦的声音很轻，她不敢相信这样的话是华子说出来的。难道她找了他这么多天，就是为了听他说这么一句话吗？

“文琦，对不起，别再找我了，或许是我不够爱你。”说完之后，华子便挂了电话。

文琦整个人都愣住了，两年的感情就这么不清不楚地结束了，等反应过来之后她赶紧将电话打了回去，可是嘟声响了一遍又一遍，那端再也没有接起过。

“他根本不爱我。”文琦突然说道。

“为什么这么说？”从刚才的事情来看，那个华子应该是爱她的吧。但是每个人的追求都不同，我也不能随意评价谁对谁错。

“他爱的从来都是他自己。”文琦看向我，眼睛很是清澈，和她现在的妆扮一点都不像。

我有些不能理解，既然她清楚他不爱她，她为什么还会追到这里来，女人心海底针，这话说得还真不错。

“那你为什么……会变成现在这个样子？”这样问好像不太好，我摸了摸鼻子，端起酒来喝了一大口，掩饰这一刻的小尴尬。

“或许是为了找一个理由。”文琦苦涩地笑了笑，“到现在这种地步，我自己也不知道是怎么了”。

后来很长的一段时间，文琦表面上恢复了正常，还是照常去上班，照常和人出去聚餐，就好像华子没有出现过一样。

可是只有她自己知道，她一点都不正常。她疯狂地搜索着关于华子的消息，不管是什么都不放过，她开始整夜整夜地失眠，需要吃药才能睡着一会儿。

只要是一个人的时候，她总是梦见他们曾经的点点滴滴，每一天的回忆都在侵蚀着她的思维，让她无法自拔。

直到有一天，她看见了他的微博上更新的一条动态，从那条动态上找到了他的消息。于是她奋不顾身地收拾包袱来到了丽江，然而她看到的一切却让她恨不得从来没有来过。

“文琦，你怎么会在这里？”华子看到她的那一刻，眼神中闪过一丝的尴尬，将搭在女伴身上的手拿了下来，习惯性地坐直了身体。

“你所追求的自由就是这样的吗？”文琦指着卡座上的男男女女，这样的生活确实是她不能理解的，她突然发现自己从来没有了解过他。

“我们出去说。”华子走过来拉住她的手，好像不太希望她看到这些。

“为什么要出去说？就在这里，就在这，看着你的自由，我们把所有的一切都说清楚。”文琦挣开他的手，有些倔强地站在原地不肯走。

“别闹了。”华子有些无奈，不给她挣脱的机会，抓住她的手直接将人拉了出去。

文琦眼睛红红地看着他，“现在可以放开我了吗？”他和之前很不一样，不是说容貌上有什么改变，而是气质方面，一点也不像之前她所认识的那个华子。

“你怎么会到这里来？你不是还要上班吗？别闹了，赶紧回去。”华子松开她的手，温柔地说道。

“你不觉得你需要解释什么吗？”文琦倔强地看着他，她希望他能够解释一点什么。

“没什么好解释的。”华子无所谓地耸耸肩，“之前说结婚的事情，是我太冲动了，我向你道歉。但是我们真的不适合，你回去吧，别再找我了”。

“为什么？为什么你会变成这个样子？”

“我一直都是这个样子，可能是你没有发现，但你可以去问之前酒吧的人，他们认识的我就是这样的。像你这样的乖乖女自然不能懂，我所追求的就是这种自由，能够在自己喜欢的地方畅所欲为。”

文琦惊讶地看着他，她不明白他为什么会这么说，他以前明明不是这样的。他在她的心里，一直都是那个唱着情歌的温柔王子，而不是现在这个颓废得像流氓一样的人。

“你快回去吧，这里不是你应该待的地方。”华子又劝了她一句，“好了，一会儿我还要唱歌，我先进去了。”说完也没等她说话，直接就走了。

文琦很不理解，明明只是十几天没有见面，却像是过了好几个世纪一样。身边的人都不再是她所认为的那样，就连她想要托付终身的人，她也完全不认识了。

“那你为什么没有回去？”虽然对于这个结局很是惋惜，但我还是觉得她应该回去好好过自己的生活。

“因为我想要体验一下他们的生活，我想要证明，我可以是适合他的人。”

“这样很傻。”

“是啊，很傻。”

那天文琦喝了很多酒，喝到后来说话开始混乱起来，一会儿说他们以前在一起时的甜蜜，一会儿又说着她到丽江之后遇到的一切，说到最后她的嘴里只剩下了“华子”这两个字。

我觉得，她或许真的很爱他。毕竟初恋才是最难忘最无法释怀的。

之后好几天，我都没有见过文琦。每天晚上我都会去那间酒吧，在我的心里，隐隐在期待着什么。原本的计划被这个陌生的女孩打乱了，我倒是觉得很值得。

“我要走了。”第四天，文琦终于来到了酒吧。她说她是特意过来找我的。

“要回去了吗？”

“嗯。”

“想开了？”

“不是想开了，而是看明白了。每个人都有自己的生活方式，这里或许是最适合华子的地方，却不是适合我的地方。”文琦笑了笑，“我也有自己想做的事情，没必要为了一个不必要的人留在这里”。

“嗯，看明白了就好。”我也笑了，不知道是为了她，还是为了自己。

“再见。”文琦站了起来，毫不留恋地往外走去。

“文琦！”我突然叫住了她，我不知道为什么会这样，心跳得很快，有些激动。

“嗯？”她回过头来，疑惑地看着我。

“我可以见到你长发的样子吗？”

听到这句话，文琦突然大笑了起来，是那种很明媚的笑容，和酒吧的风格格格不入，却像是阳光一样照进了我的心里。

我就这么呆呆地看着她，心中在期待着什么。

“好。”文琦笑着点头，一点一点往后退着，然后她将头上的假发直接摘下，如瀑布一般的长发从上往下披散开来。她甩了甩头，用手往后撩了一下，“再见！谢谢你”。说完之后，便回头跑了出去，再也没有回头。

那天晚上我一直都待在原地，脑袋里一直出现着她长发的样子，久久不能平静下来。

直到现在，我已经走过了大半个中国，却再也没有遇到过这么特别的女孩。而那最后的一幕，更是在很多个午夜梦回的时候出现在我的梦境中，就像是一个美好的梦境，给我的丽江之行画上了一个完美的句号。

12.
我会记得你，然后爱别人

我给牙牙介绍了对象，约好一起吃饭，可是过了饭点她都没来，电话也不接，我索性就直奔了她家。

“你该不会还想着那个渣男吧？”我问道。

牙牙一脸的不屑：“我只是单纯，又不是傻。”

真是无可奈何，一个渣男毁了一个姑娘的大好青春。

牙牙是我从小玩到大的朋友，她妈妈和我妈妈年轻的时候就认识，两人关系好得整天腻在一起形影不离，后来就干脆在我和牙牙都不知道在哪里的时候就订下了娃娃亲，若日后生得一男一女，就结为亲家。后来还真生了一男一女，小时候不懂事，在我妈的怂恿下，见到牙牙的爸妈也叫爸爸妈妈，后来随着年龄的增长，渐渐开始懂事，才改口叫了叔叔阿姨。我一直把牙牙当妹妹看待，所以渐渐地娃娃亲这一说就不了了之了。

我高中成绩不算很好，牙牙却是拔尖生，但高考的时候我超常发挥，牙牙数学失利，阴差阳错地就进了同一所大学。

我说的那个渣男叫大象，是我大学隔壁宿舍的舍友，因为又高又壮块头大，所以我们都叫他大象。我和大象当时是一个社团的，有一次社团聚餐，我顺带着叫上牙牙，他和牙牙就是在那次聚餐上认识的。后来也没听牙牙提到过大象，突然有一天就宣布他们在一起了，弄得我又惊又喜，我还真怕牙牙这么单纯的女孩子给人骗了。

大象每天晚自习结束后都会在教学楼下等牙牙，先把牙牙送回宿舍再自己回宿舍，冬天的时候偷偷往宿舍搬了一个煤球炉，隔三差五给牙牙煲鸡汤、排骨汤、猪蹄汤，等等。两人还会一起逛操场，学校里所有的约会圣地几乎都留下过他们的身影。时间一久，牙牙就坠入爱河无法自拔，深信大象就是她的命中注定。过了没多久，大象就在学校外面和别人合租了一个两室一厅，牙牙的专业课程多，再加上爸爸是老师，从小家教严，所以只是偶尔过去住一下，大多数时间还是住在学校的宿舍。

和大象合租的也是一对小情侣，但那对小情侣住了没多久就分手了，后来那个房间就转租给了一个单身女青年，据说还是酒吧的领班。牙牙得知大象要和一个单身女青年住一个屋子，担心得要死，整天疑神疑鬼，还找大象哭了好几次，让他不要住那了，大象跟牙牙保证绝对不会有什么事，牙牙这才稍稍有点放心。

牙牙想看看是怎样一个女人和大象住在一起的，所以会时不时去大象那儿查岗，看看大象在干什么。每次晚上过去都只有大象一个人在房间里玩游戏，那个女人还没下班。有一天中午牙牙去给大象送午饭，开门的是那个女人，裹着浴巾，腿长皮肤白，牙牙大概是太敏感了，扔下午饭就走人了，大象一头雾水，连忙追上去问道："怎么了，怎么突然就变脸了呢?"

牙牙："长得挺标致啊，穿成那样是个男人都把持不住吧？"

大象听出了牙牙语气中的醋意，连忙解释道："酒吧里工作的，可能她都习惯这样了吧。"

牙牙："我看你也挺习惯的嘛。"

大象："你要实在不放心，就搬过来跟我一起住。"

大概是因为听到了大象的这句话，牙牙激动的情绪稍稍得到了缓解，可能她觉得大象既然有自信说这样的话，大概就真的没有什么，是自己想太多了，这事就算过去了。

单身男女共处一室，多少会有交流，大长腿每次从酒吧下班回来见大象还在玩游戏，就会叫大象一起吃夜宵，后来也就成了习惯，每次下班都会带夜宵回来和大象一起吃，喝点小酒，谈天说地。休息的时候会和大象一起在屋子里玩游戏，做了饭也会叫大象一起吃，久而久之，大象对这个女人产生了好感，仿佛这个女人身上有一种特殊的魅力，吸引着他前去探索。

时间久了牙牙也发现了大象的异常，大象陪牙牙的时间越来越少，牙牙说想过去住两天，大象就会找理由说感冒了，怕传染给牙牙，牙牙说去给他送药，又说已经买了吃了。第六感告诉牙牙，这其中一定有问题。牙牙很害怕，找我哭诉，只说她和大象感情出问题了，又不告诉我事情的经过，直到有一天，大象和牙牙提出了分手。

大象说，曾经他也以为这一切都是不可能发生的事，但是相处下来发现，大长腿更善解人意，更懂男人的心，他觉得大长腿才是最合适自己的那个人。

牙牙哭了三天三夜，可能是失恋的情绪抑制不住，又或者是被这对狗男女恶心得深恶痛绝，反正一个人待了三天三夜，谁找都不理。

曾经以为能够天长地久的某个人，有一天抛下你离你远去，没有比这个更能让人发狂的了吧。

毕业后，牙牙的爸爸给牙牙在常州找了一份薪水高又不累的工作，并且开始着手给牙牙操办起终身大事，把所有同事朋友的儿子、侄子、远房表亲都介绍了个遍，但始终没有一个能让牙牙提起兴趣的。

这个时候，大象又出现了。

许久没见，大象黑了也瘦了，他死缠烂打和牙牙求复合，牙牙不答应，于是大象又去牙牙的家里求牙牙的爸爸妈妈再给他一次机会，保证以后会好好待牙牙，不让她再受一点委屈。叔叔阿姨大概也是被这个小伙子的一番话打动了，就去劝牙牙：能谈得来来就谈谈，他也挺诚心地认错了，就给他一次机会吧，你也老大不小了，应该找个对象结婚了。牙牙还是有点犹豫，想再观察观察。

大象每天都会在下班的时间点出现在牙牙公司的楼下，手抱一束鲜花，求牙牙原谅，牙牙原本没有理会，可大象依旧坚持不懈每天死缠烂打，这仿佛让牙牙想到了上大学的时候，大象每天会等她下课，然后一起去食堂吃饭的日子。

那天，正好台风经过常州，牙牙下班的时候外面正刮着大风下着大暴雨，大象借着这次机会上演了一场苦情剧，他捧着一束鲜花，站在狂风暴雨里，任凭大雨拍打在他的脸上，狂风吹落了一地的花瓣。等到牙牙下楼的时候，看到大象站在雨里，手里的鲜花只剩下了花枝，大象见到牙牙傻傻地笑了，牙牙的脑海中光速闪过她和大象走过的这几年中美好的片段，心一软，拉着大象的手，一把把他抱在怀里，眼前这个在自己大好青春里留下过一长串足迹的男人，这个让自己全心全意付出过的男人，她总是不忍心为难他。

牙牙原谅了大象，答应了复合，大象请了所有大学时候社团里的人和牙牙的舍友们吃饭，感谢大家一起走过青葱岁月，感谢她的舍友们在大学四年里对牙牙的照顾，并借此机会隆重宣布很快就会和牙牙领证结婚。牙牙一听立马打断了他的话："什么时候的事，我要结婚了我自己怎么不知道。"

大象会心一笑，从口袋里掏出一枚戒指，单膝跪地说道："我想给你一个惊喜，牙牙，你愿意嫁给我吗？"

牙牙显然被大象的举动惊到了，但还是按耐不住喜悦，静止了半秒钟后故作矜持地说："让我考虑考虑吧。"

聚会结束后，我让大象把牙牙送回家后单独约他去酒吧夜聊，我以哥哥的名义拷问大象，为什么又回来找牙牙了，这次想玩多久。大象大舅子长大舅子短地扯了半天，就是没说正题，在我的再三追问下，大象终于开口了。

那晚我和大象喝了一瓶洋酒，从大象半醉半醒的叙述中，我得知了他和牙牙分手后发生的一些事情。他是因为大长腿才和牙牙分手的，他觉得大长腿只身一人在常州工作太不容易，外表装作很坚强，但内心很脆弱，大长腿让他产生了怜悯，大象觉得大长腿才更需要被照顾，于是头一昏，就和牙牙分手了。之后他们过了大半年还算和谐的同居生活，可是时间一长问题就出来了。大象发现大长腿经常和酒吧里认识的朋友出去唱歌吃夜宵，这让他很不开心，因为这事还吵过很多次架。大长腿就属于那种和谁熟了谁都喜欢的类型，大象觉得大长腿太容易对人掏心掏肺，根本不考虑对方是好人还是坏人，似乎就是靠掏心掏肺来换取男人的同情和关心。大象还无意中发现了大长腿和陌生人的暧昧短信，大象认为她是在骑驴找马，自己就是那只驴，所以最后无法忍受就和她分手了。后来想想大学这几年，最放不下的人还是牙牙，所以他决定试一试。

感情就是这样，两个人相互惦记那才叫爱情，一个人自己折磨自己那叫犯贱。喜欢被宠被照顾都不是爱情，是精神残疾再借助假肢冒充健全人，你对人家掏心掏肺，你永远也不知道面前的是人还是鬼，也许你掏心掏肺说的话，转个身就被别人搬上酒桌当笑话。

虽说大象和我讲了这么多我还挺同情他，但一想到当初他是怎么把牙牙丢下不管的，我就气不打一处来："那你是把牙牙当备胎了，想要就要，想扔就扔？"

大象低着头不说话，拿起酒杯又往肚子里灌了一杯酒，重重放下酒杯说："我保证不会再离开牙牙了。"

大象的"前科"让我对他的承诺不敢恭维，我也没再多说，就和他散了，各自消失在城市的夜幕中。

和大象复合后，牙牙又变得开朗起来，脸上时刻洋溢着幸福又温暖的笑容，失恋之后的那种多愁善感的情绪再也没有出现过。

不久后，大象的爸妈就上门提亲了，他的妈妈非常喜欢牙牙，把大象奶奶送给她的玉镯子送给了牙牙当见面礼，还给牙牙买了一条铂金项链，牙牙开心得不得了。

叔叔阿姨和大象的爸妈吃了一顿饭，谈好了他们俩的婚事，隔天，大象爸妈也大方地把黄金首饰送去了牙牙家，还给了10万块钱，这就算订了婚，就等合适的日子领证办酒席了。

牙牙突然有个月大姨妈没来，起初大象估摸着可能有了，正好趁此机会可以早点领证把酒席给办了，于是就带着牙牙去了医院检查，检查的结果是没有怀孕，牙牙的单侧输卵管堵塞，导致月经不调。医生还告诉大象，牙牙的情况受孕的概率很小，需要通过长期的治疗才有可能成功怀孕。

牙牙得知自己可能不孕的消息后，晚上一个人偷偷地躲在被子里抹眼泪，大象不停地安慰着牙牙：有什么大不了的，真的不行咱们就领养一个，有你就够了。

以前对大象有看法的人，包括我在内，了解了情况之后，都觉得大象这次非常有担当，能为一个女人做出如此大的牺牲，真的是真爱。

牙牙沉浸在大象给的关爱中，满心欢喜地备嫁，她为自己能嫁一个这样的男人而感到高兴。可是过了没多久，她却接到了大象妈妈的电话，求她放过大象。大象家的观念比较传统，他妈妈接受不了自己的儿子娶一个不会生孩子的女人，大象还是家里的独苗，全家还指望着他继承香火传宗接代。

牙牙的心情一下子从空中摔入谷底，之前的喜悦瞬间全没了。可让牙牙更心寒的是大象的反应。

大象没有站出来挺牙牙，什么都没说，默认了他妈妈说的话。

牙牙到大象家里去找大象，想当面把事情问清楚，可大象不在家，他妈妈接待了牙牙，牙牙试图改变她的决定，但他妈妈的意思很明确，要牙牙马上和大象分手，并且家里已经开始给大象安排相亲了，希望她不要再和大象有联系。因为是他们先毁约的，所以10万块就留给牙牙当分手费。

牙牙不甘心，又去大象的单位找他，他同事告诉她大象请了长假，具体去哪儿了去干什么他们也不知道。大象的电话也打不通，牙牙意识到，这次先走的人又是他，自己又被抛下了。

等了一段日子，牙牙没有等到大象的消息，电话也不通，家也不回，她就这样再一次和大象擦肩而过了。

牙牙把10万元现金存在了卡里，连同首饰一起还给了大象的妈妈，她已经决定不再和大象有任何联系了。

当初出轨的人是大象，后来回来求原谅的又是他，大费周折死缠烂打把牙牙重新追到手之后，突然先走的还是他，这让牙牙无法向家人和所有知情的朋友交代。牙牙每天魂不守舍，又好像回到了大学刚毕业那种失恋的状态。

一个人从陌生到熟悉，最后又回到陌生，从投入感情到放下，再到重新拾起这段感情，最后又要被迫放下，这种感受不是一般人可以承受的，更别说是牙牙这样的一个弱女子。牙牙换了工作，换了个新环境，希望能摆脱大象这个阴影，摆脱曾经的自己。

平日里牙牙总是主动要求加班，让自己忙碌起来，周末的时候，她去健身房放松自己。我担心牙牙一个人生活久了会变得抑郁，也希望能早日让牙牙从上一段失败的感情中走出来，所以就开始给牙牙物色男朋友。

土豆是我的好哥们，单身，关键是人也不错，我就想着是不是可以把土豆介绍给牙牙，就安排星期天一起吃个晚饭。

这天我和土豆在饭店等了一个多小时，约定的时间早就过了，牙牙一直没出现，打手机也不接，后来干脆就我和土豆两人吃了。晚上九点的时候，我估摸着牙牙应该在家了，所以就去她家找她，她知道放了我们的鸽子有点不好意思，一个劲撒娇求原谅。我瞧她这模样也急不起来，就问她：“你该不会还想着那渣男吧？”

牙牙：“我只是单纯，又不是傻。”

我：“那今天给你介绍对象你干吗爽约？”

牙牙不好意思地笑了笑：“哎呀，其实我有喜欢的人了，那天他约我吃饭，看你那么热情，我又不好意思说。”

我：“那你怎么不早说？他是做什么的，靠谱吗？”

牙牙告诉我，那个人是她在健身房认识的，也是会员，大家一起健身就认识了，时间久了双方感觉都不错，就试着相处了。她对我说，之所以能这么快放下大象，是因为她重新审视反思过她和大象的感情，归根结底是因为大象“不够爱”，才会让“大长腿”“她的病”还有“妈妈的反对”成了分手的理由。所以她觉得没有必要为了一个不够爱自己的人浪费更多的时间。

牙牙的新男朋友对牙牙十分体贴，牙牙怕大象的情况重演，所以就把自己的病告诉了他，他不但没有介意，还主动陪牙牙去看医生，每天发短信督促牙牙吃药，有时间还会给牙牙送自己做的营养餐，他的细心和体贴打消了所有人的顾虑。

医生说牙牙底子硬还年轻，通过长期的治疗问题已经好了很多，如果他们愿意，明年就可以准备要一个宝宝。

后来牙牙嫁给了那个男人，结婚那天晚上，我看到牙牙用小号发了一条这样的微博：谢谢你娶了我，谢谢你没有娶我。

有些人，有些事，与我们无缘的，必须要懂得放弃，我们无须带着昨天的包袱，走进明天的门槛里。总有一天，你会遇到那么一个人，让你感觉以前你爱过的都是人渣。

唯有你愿意去相信，才能得到你想相信的。合适的人终究会遇上，美好的人终究会遇到，只要让自己足够美好，努力让自己独立坚强，这样才能有底气告诉你爱的人，你爱他。

13.
珍惜眼前人

当你身边有一个不错的姑娘，她肯陪着你，就娶了吧！这句话是鹏喝醉的时候灌输给我的，其实我本不愿意听。我福浅，至今没遇到这样的人。只是鹏这小子，有时候运气好得让人嫉妒。

鹏是黑龙江人，小我一岁，却无耻地当着我的学长，那年我上大一，他上大二！性格相投所以就格外亲切，再加上几杯酒下肚，有些心里话他开始对我说：前不久，他和自己的第三任女友分手了。

“第三任？”

“为什么？”我问。虽然没有什么经验，亦没有兴趣，但我还是忍不住问出了口。

他说：“感觉不对！感觉哪里不对。平时，这些话也只有婷会听。”

婷这个名字，太普通，却好记。

“婷又是谁？”我问。鹏仰着头，已经醉得迷离的眼里露出些许的温柔，空杯在他的手里不停地转着圈，他在犹豫，被把玩的酒杯不耐烦地嗡嗡作响，似乎这样的一个人在他的心里并没有一个准确的定位。

“她，是个烦人精，也从咱们那儿来！”

这样的评价我一点都不意外，鹏少爷的任性我每时每刻都在领教。

喝完酒后没几天，他的身边又多了一个靓妹——这小子，始终桃花运不断。至于婷这个名字，后来渐渐地在我的脑海里打了水漂，没留下一点涟漪。

转眼间到了中秋，那是我第一次在外度过。鹏叫了几个关系好的老乡，在外面的酒吧点一个包间，我们几个孑然一身，只有他的旁边带了一个女孩——这小子，不厚道，他却连忙解释，都是一起的老乡，你们别想歪了。

老乡？！

女孩也不拘谨，当着大家的面，大方地自我介绍：“大家好，我叫婷。”

“婷，就是鹏嘴里的那个烦人精？”我的脑子里突然闪过一句。

心里却在纳闷，这么一个美丽大方的姑娘，怎么就成了烦人精呢？

对酒当歌，人生几何？酒过三巡，再来三巡！

中秋节给了我们这帮年青人放纵的机会，一杯杯香冽的啤酒夹杂着我们的欢声笑语下了肚，渗透进血液，冲击着我们脆弱的意识，一个小时不到，几个年轻人渐渐尝出了酒水里的苦涩，开始用自己打着弯的舌头吐纳心扉。

有人说自己的家庭，有人说自己的前任，竟触景而生，平添了一些悲凉，一句话——都在酒里。说完，大家举杯，而每每此时，婷就会把鹏杯中的酒给自己的杯子里挪点，有意无意地提一句：“你少喝点儿。”

这样是在拉仇恨，只是我们都不忍心……

“大家听……听我说”，快结束的时候，鹏清了清包间里的杂音，“中秋时节，来，我祝大家节日……节日快乐……”他的声音有点颤抖，杯中的酒水因为抑扬顿挫的祝词跳起了舞，这一幕熟悉极了，就像上一次我们两个人的相聚——这家伙，不会说什么胡话吧？！

他的话还在继续：“这里，尤其要祝福的是我的邻居，婷，我们住一栋楼，哈哈哈哈……”

他笑得毫无痕迹，我们也尴尬地陪了几声，只是这算一个笑话吗？

“你够了，鹏，是不是又欠收拾！”一直安安静静的婷看来是听不下去了，站了起来。说话间，已经走到了他的身边，伸手抓住了他的耳朵，哎呀，作为一个男人，这怎么能忍？！这架势看来是有一场硬架，我们心里竟然莫名兴奋起来。

“你想干什么？你听我把话说完……饶命饶命！”

没想到这家伙这么没骨气，婷过去没怎么用力，刚才还满腔热血的少年瞬间没了踪影，剩下的只有无耻的满嘴告饶，依附在婷的身边，就像一只偷吃了鱼干的小猫，被提拉了去，毫无还手的余力。

后来，每当我有什么事情要求他的时候，就用这件事情来威胁他——当心我把这件事情告诉你们班的女生。而这招则时灵时不灵，灵则罢已，不灵的时候有他自己的说辞：其实当时我也没有什么坏主意，就是想祝福她能找一个男朋友。

但这关你什么事呢？

这样她就不用烦我了呢。

这两个人真奇怪！

几年后，鹏毕业了，签了一家不错的公司，也换了一个漂亮的女友。我懒得去数，他有过多少前任，可能连他自己都忘记了。有一次，私聊的时候，我习惯性地调侃了他一句：“什么时候换？”

他则一本正经地对我说：“说什么呢，这一个我打算结婚!”

这一次，我竟然信了。

大四的一年，对于我来说是忙碌的一年，为了给毕业论文寻求素材，我几乎跑遍了常州的每一个角落，就为了调研城市的基本构局。某一天，我到城区商业中心找点素材，只顾低头走着，却没想到碰到了婷。

婷一身职业装，干练得体，英姿飒爽，依旧很迷人。她见了我也有点小激动，毕竟在这个快节奏的城市，能碰到一个熟人是一件让人感到欣慰的事情。

婷二话没说，去吃饭，我请客。

我记得那是家西餐店，里面金碧辉煌，雍容华贵的装饰，着实让我这个大学生吃了一惊，“婷，你现在混得可以啊？！”我恭维了一句，“在哪儿工作呢？”

“还行吧，就在那栋楼里当一个小编辑。”

我顺着她手指的方向看去，那是《常州早报》的办公楼。我们两个人的话题本来不多，一些客套的寒暄，谈论了我的毕业论文后，竟暂时冷了场。

“那个，你有没有再联系鹏？”这个话题，极好，也极差！

“那个家伙啊？！典型的重色轻友，他呀，自从毕业以后，天天和自己的小女友旅游晒幸福。除非他再次失恋，否则我这辈子就难见他了！”婷抿了一小口嘴里的饮料，明亮的眸子望着窗外，似乎在生气。

也许，我选错了话题，婷的话匣子就这么被打开了！

“那个没有良心的，你知道上一次他和女友分手后，喝了多少！半夜两点给我打电话，竟然说自己找不到回学校的路了，我半夜好不容易起来，在学校附近找了半天，你知道最后在哪儿找到的？……”

“在……”我猜不出，耸了耸肩。

“他在学校门口的垃圾桶边睡着了！”婷想笑，可她的心里却莫名地堵得慌，以至于她的笑声有点畸形，“呵……呵呵，这个家伙我们一起长大，他什么性情我最了解，人又倔，小时候经常和别的小朋友打架，我又不敢说，只能默默待在他的身边，还不让我跟家里人说……”

她突然住了嘴，问我：“你……是不是也觉得我很烦？”

她问得好突然，也很刻意，我没有回答，在心里却已经有了一些结论：“你暗恋鹏？”

“我……”她哑口无言，又将眼光望向窗外，楼下的广场，一群美丽的白鸽正涌在行人的周围——我注意到，她的头慢慢地低了下去，又缓缓放平，那是一个几乎完美的弧度。

我没有继续追问，脑海里突然蹦出了贾宝玉和林黛玉的故事，只是鹏很花心，婷很唠叨……

和婷的相逢很短暂，别离却漫长。

2014年，我的生活已经渐渐适应了这座城市的快节奏，适应而有规律，与同学的联系也日渐减少。

有一天，我的手机突然猛震，一个陌生的电话号码映在手机屏幕上，接通后，一个熟悉的声音传了过来：“最近在干吗，有个同学的聚会，来不？”是鹏！

“来！那个谁，婷呢？”

“也来！”

六月，正是聚餐的好时节，当酷暑散去，城市的最后一缕阳光悄然消失在地平线，燥热的人们急需一阵清凉来冲击心扉，鹏一向热心，聚餐的地方他安排，就在大学附近的烧烤街，他说那儿的味道最正。

几箱啤酒，大把烤肉，在露天的啤酒广场，我们开怀畅饮。也许是许久没有见面，亦或是城市的压力让我们太久没有发泄，我们之间总是有很多的话题，当然最多的还是环绕在鹏的周围。

“鹏，听说你快结婚了？”

“谁瞎说的？我连女朋友都还没有呢？！”

我的心里咯噔一声，呵，果然被我言中！这个家伙也真是，一点不知道珍惜！

“你的女朋友呢？”当中有人问了。

“分了……”鹏放下握在手里的酒杯，昂着头，缓缓吐出一口气，“那个贱人，我真的有和她结婚的打算！没想到，她竟背着我偷人！”他清了清嗓子，一口黄痰被吐了出来，仿佛那就是自己的前女友。

原来，他的前女友，那个大学毕业后新找到的女孩儿叫曼丽，和我们都是一所大学。

鹏刚找到工作的时候，在家里人的帮衬下，托婷帮他们两个租了一套房子，两个人如胶似漆，难分难舍，也曾经是多少人羡慕的神仙眷侣！可好景不长，两个人待得久了，矛盾也开始变得越来越多，大到公司事务，小到家长里短，稍有不慎，就会演变成一次争吵。鹏想：既然要和她结婚，就应该有多多少少的磨合，有的事情忍忍说不定就会过去。于是，很多时候，他选择的是妥协，有一次，他甚至都跪在了那个骄横女人的面前！但这些，依然没有拦得住她红杏出墙。

“我有一天回家，忘了带钥匙，正打算敲门，忽然听到屋里有咿咿呀呀的声音……”鹏再也难以抑制住内心的悲愤，他仰起头，咕噜噜地灌了一气，狠狠地将瓶子摔在了地上，崩裂的碎片立刻向四周飞溅开来，引得周围的酒客怨声载道：“你什么意思？小心点！”说话的是一个个子不高的年轻人，流里流气的不像个学生。

“就这个意思，怎么着？”鹏的脾气这时候翻了上来，他一屁股坐在靠椅上，低声闷气嘟囔道，却字字清晰。

这句话立刻引起了那位的不满，他端起一瓶，缓缓地走到鹏的旁边，压着眉梢嚣张地说：“小子，很能喝啊你，有本事跟哥哥来几杯？”

“这位兄弟，别在意，我朋友刚失恋心情不好，你大人不计小人过，别和他计较。”看着事情不对，我们几个伙伴上前拉住那位，心想别无端惹事。

“你谁啊，我又没和你喝，你紧张什么？”

一句话，我压在心底的怒火直接窜了上来，半醉的酒瞬间醒了过来，手里的啤酒瓶滋啦啦在桌上响着，真想一酒瓶朝着那人的脸上砸去，但我没有这么做，因为婷拉住了我。

“这位哥哥想喝酒，我来替我的朋友，您看行不？白的！先干为敬！”婷缓缓地端起一杯酒，对着生事的那位的杯子轻轻一磕，一饮而尽！

那个青年见喝酒的是个美女，眯着双眼露出扭曲的牙床：“好，痛快，来……”

一杯，两杯，三杯……

婷手里的动作就像进入了循环模式，一杯接着一杯，生事的那位也没有停下，跟着循环，很快一瓶茅台见了底，那位也许是前面喝了点啤的垫了点底的缘故，竟然渐渐有点站不住脚跟，一屁股坐在了地上。

而婷呢，她似乎才刚刚上了劲，红晕的脸颊反倒显得精神焕发。她看着倒地的那位，嘴角微微上翘："忘了告诉你，我祖籍在东北！"

生事的青年被店家送出了门，婷则失望地看着那个家伙远去，似乎在抱怨着：我还没有喝够呢！

息了事的我们个个汗颜，原来这个看上去弱不禁风的女孩这么能喝！

婷一点在意的目光都没有，她转身走向鹏的位置，叹着气说道："不就分个手吗？又不是没有人管你，我不还在吗……你听见了没？"

鹏低着头，没有回应，原来，他不知什么时候已经睡着了！

2015年元旦，我在公司度过了第一个春节，只是为了赶指标和奖金超高的加班费。但我没有想到的是鹏也没有回去。

他不缺钱，只是一回家就会被家里人逼着去和不同的女孩见面，烦！

除夕那天，他突然约我，说是一起跨年。

约定的地方是一个叫作零点的酒吧，那儿不过年，所以就没有歇业，为的就是给我们这种单身在外的家伙有一个发泄的地方。

我如约到了，只是鹏更早。

“让我给你先讲个故事吧。”鹏结束了视频，顺手扣下了笔记本，一脸严肃地对我说。

“你没事吧？”我满腹狐疑，这家伙今天是怎么了！

“你听不听？”他依然满脸严肃。

“你说吧！”这样的气氛开始让我有点不适应了，这家伙难不成得了神经病？

“很久很久以前，有一个男孩和一个女孩。一天，那个女孩对着男孩说：‘你猜猜我的口袋里有几块糖？’男孩问：‘猜对了你给我吃吗？’女孩点点头：‘嗯，猜对了两块都给你！’男孩咽了咽口水，得意地说：‘我猜五块！’然后，女孩笑着把糖放到男孩的手里，说：‘我还欠你三块’……”

这是什么意思？我有点摸不着头脑了，更加确信这孩子的确是病了！

“没听懂？”鹏一脸的无奈，“算了，喝酒！”

酒吧里响起了一首陌生的歌：“天空中是否有颗星星守护我，

只是我没有发觉。人群中是否有个肩膀愿为我，挡住最寒冷的冬天……”伴着滚动的灯光，在酒里摇晃着，随着人儿的举杯，滑进曲折的清肠。

这个酒吧果然没有一点年味。

“你到底怎么了？”几杯酒过后，我忍不住开了腔。

“你没听懂我的故事吗？这不是低智商的笑话，而是因为爱一个人，所以允许了他的小贪心，婷就是这样一点一点纵容我，把我纵容坏了！”

“你到底在说什么？”我更加摸不着头脑。

“婷，今年回家的时候，我去车站送她，她说：如果可能，她愿意一直陪着我——可惜没有机会了。家里给她安排了相亲，条件是她自己开的，家里找的完全符合，估计会成！”鹏的语气低沉，酒杯里的酒因为颤抖，洒了出来。

“那……你对她是……”我迟疑了。

“我不知道，记不记得咱们上一次喝酒，就在大学附近，我摔了酒瓶，有人闹事，婷替我挡了一瓶白的？其实那时候，我没有睡着，真的！我完全清醒着，可我不知道怎么去面对她，一直以来每次我失恋，我能够想到的人寥寥无几，只有她……”鹏开始有了哭腔，一汪泛滥的清泉在他的眼眶打转：“当你身边有一个不错的姑娘，她肯陪着你，就娶了吧！别等到失去才后悔！”

是啊，我们都老得太快，却明白得太迟。

陪伴是一首歌，有着最低沉的曲调，可，爱呢，却是一种奢侈品，就像橱窗里的貂皮大衣，眩目迷人，可它的代价却只有在你清醒的时候才会发现是那么昂贵。

第二天，我听说天还没亮，鹏就坐上了回家的飞机。

14.
等我长大了娶你

网络让人们离得很近，但更多的时候，它很遥远。人们在网络上发布各种信息，原创的或转发的，有时候假装邪恶，有时候假装善良。有时候只是吐槽，围观某事，胡言乱语一通，然后散去。一觉醒来，又把一切都忘记了。人们对“网络事件”的记忆，很少能保持到下一个网络事件的发生。直到偶然地，靳言出现在我的微博上。

直到如今，我依然可以肯定地说，靳言是我见过最让人揪心的女孩——至少是最让我揪心。这种感觉，对于在城市里漂泊，却又自命不凡的我来说是很奇怪的。有时候我会为自己的软弱而愤怒——我可以实话实说，为别人揪心，当然是软弱的表现。虽然大多数人未必会承认。

那时候，微博刚开始盛行，人们满世界地加关注，互粉。我有很多粉丝，一开始并不知道有一个蕲言。直到有一天，我在不经意间看到她的一条状态：城市摧毁了鸟巢，我们在雾霾里挣扎着，散落成一只只寻巢的孤鸟……

我不得不说，这句话直击我的内心，我开始查看她的一条条状态。

我渐渐知道，在这个冰冷的城市，她几乎没有一个熟人，更别说是朋友。她发的状态都很简短，但却似乎蕴含着许多故事。她的字里行间，少有喜怒哀乐，少有怨愤忧愁，但那些看起来很空灵的文字，却总莫名地让我好生心疼。我不禁问自己：这是怎么了？或者，我也和她一样，孤独，却又渴望着振翅高飞！

慢慢地我成了她唯一的朋友，不，确切地说，我是她唯一表述内心的听众。刚开始，她每天在微博上更新着她的故事、她的心情。后来变成发私信给我，她说：“其实我微博上并不像你这个大V有那么高的关注度，我仍然可以在上面记录那些不为人知的心情，有一个信得过的人知晓，才不会辜负这些秘密。”

我自己并不了解，知道了她这么多秘密，对我来说有什么意义，但是我依旧每天都会照惯例打开私信去查收。每次看了她那些傻得有些出奇的想法和那永远坚持的执念，我总是有些难过，甚至是愤怒——或者我觉得她应该“争气”一点。这个年纪的她，应该是画着淡妆去商场购物、穿着热裤在大街上啃着冰淇淋或者背上背包去旅行……而不是这样耗尽青春去满世界追赶一个男人。

我问："你总是躲在他看不见的地方，他到北京你就去北京，他去上海你就去上海，却又不让他知道，你与其做这些，为什么不站在他面前坦率地告诉他你内心真实的想法？"

靳言说："我只是为了和他呼吸一个城市的空气，去他坐过的咖啡厅坐坐，看看他身边更换的一个又一个女伴，我跟随他不为了他回首，只为了看见他一直在很好地生活着。只要他的生活一直在向前，就可以了。"

我恼怒地说："那么你的生活呢？"

靳言说："我不在乎。"

接下来我好几天都不想理她。

好吧，这个时候，我想讲讲他们的故事。

她和他相识二十年。

二十年前，靳言一岁。靳言的妈妈在路边捡到一个男孩，收养了他，为他取名靳荣。那时他五岁，却像五十岁的老头一样沉默寡言。

五年后，当靳荣已经融入了这个家庭，和母亲、妹妹已经建立起深厚的感情，已经变得快乐起来时，母亲因乳腺癌病逝。靳言和靳荣一起，被送到一家福利院。

又过了一年，靳荣被一对年轻的夫妇收养。走的时候他告诉靳言："你不要哭，我们没有分离，只是暂时分开。等我长大了，我来娶你，那样我们就能永远在一起了。"

靳言每天都盼望着他来娶她——她不明白"娶"的含义，她在乎的，是永远在一起。

刚开始，年轻的夫妇每年都带靳荣来看看靳言——此时他已被改名叫卢森。后来渐渐来得少了。卢森十五岁时，他离家出走来看靳言，被养父母抓了回去。卢森扑到车窗后面，哭叫着："靳言，等我，等我长大了娶你！"

靳言哭着，跟着那辆车追了很久，很久……

从此一别数年，直到靳言十六岁生日那天，卢森再次来看她。那一年，他二十岁，已是个大小伙子，开始变得沉默寡言了。那次见面，卢森没有说太多的话，只是带靳言上街，说要给靳言买衣服。靳言一直不说话，导购极力推荐着各种新款，靳言只是摇头。

换了一家又一家的服装店，靳言还是摇头，她拉着卢森，跑向一家婚纱店。靳言抚摸着婚纱，脸上露出娇羞的微笑："哥哥，我要穿这样的。"

卢森呆了半晌然后摸摸靳言的头："那是要做新娘时才穿的。"

靳言仰着脸笑着："那我今天就要做新娘，哥哥，我已长大了。"

卢森没有说话，拉着靳言离开了橱窗，这一路，靳言都在嘟着个嘴，而卢森则是一路沉默着，心事重重……

路过一家礼品店时，靳言说："哥哥你不要生气，我今天就要个布娃娃。"

这个布娃娃如今陪着靳言四处流浪，成了她唯一的、最亲密的伙伴。

从此，靳言再也没有见过卢森。

又过了很久，她收到了卢森的一封信。

妹妹：

当你看这封信的时候，我已经到美国了。有些话，我早就想对你说，却一直开不了口。写信，是唯一不让我们尴尬的方式。

你我命运都像蒲公英，飘落在哪里，就在哪里扎根。值得庆幸的是，你我都已经长大了。儿时的一切都已过去，我们要面对的，只剩下未来。

儿时的玩笑，就当作一个美好的记忆吧。你会找到你的幸福的。我祝福你，也希望你祝福我……

哥哥：卢森

靳言泪湿衣襟，肝肠寸断。她知道，靳荣已经离开了。那个说要娶她的男孩，永远消失在人海中。

但她却总是忘不了卢森扑在车窗上，叫她等他，等他来娶她的情景。

靳言离开了福利院，一边打工，一边四处寻找卢森。

终于，她知道了卢森的消息。

他留学回来了，在北京的一家公司。

靳言用打工攒下的钱，买了一张去北京的火车票。从赣州到北京西22小时30分的旅途中，她兴奋得几乎没合眼。

从北京西站到三里屯的40多分钟，她却紧张得过一秒都那么艰难。

她一直在回想他们最后一次见面时他的那句话。

他说："如今，你也长大了，好好照顾自己，我们都有彼此的生活，我以后可能再也不会来看你了。"

越想他就越紧张，不是说长大了就可以永远在一起的吗？为什么长大了就要永远分开呢？

在他的公司楼下，她紧张得双手都快掐碎了手中的布娃娃。

几分钟后，卢森出现在靳言的视野中，除了高高的鼻梁上架了一副眼镜之外，他几乎和几年前没有什么变化。他微笑着，笑得那么迷人。靳言几乎忽略了他是对旁边那个明媚如花的女子微笑，奔过去一把搂住他说："靳荣……"

世界就此凝固了几秒钟。

明媚女子推开靳言，吃惊地问：“卢森，她是谁啊？”

卢森皱起眉头：“这……认错人了吧？”

靳言不知所措，几乎哭了起来：“是我啊，靳言！靳荣你看，这是那年你送我的布娃娃……”

卢森：“小姐，我想你一定是认错人了，我叫卢森，这是我女朋友Candy。”

女子：“走开啦，大街上拉着陌生人演韩剧吗？还抱个破破烂烂的布娃娃，看着都醉了！”

明媚女子用力撞开了靳言，挽着卢森，消失在人群中。

从那天开始，白天她便成了卢森的影子，晚上靳荣便成了她的梦魇。

卢森带着不同的女孩走过很多城市，看过很多美景，而她尾随在卢森的后面，看到的全是卢森的背影……

这女子的一生，或许除了靳荣，就没有什么是她的目标了。

靳言告诉我说：“起初，我活着是为了让他走累了的时候，来我这里歇一歇。后来我活着是为了看他终于找到自己的幸福，我便可以放心地睡了。”

与其说这个男人是她的目标，不如说他是她的宿命。

那天，我照惯例点开微博，看靳言的私信，而她却没有发。

第二天，第三天，我都没有收到靳言的任何消息。我开始不安起来，却无计可施。有时我想，她也不过是找我吐吐槽罢了，这些事情不重要。但有时候，我想去北京看看这个女子，可我根本不知道她是谁，她住哪里，她现在什么状况。

有一天晚上，我在家楼下的烧烤店里吃着羊肉串，拿出手机刷微博。串味同嚼蜡，不自觉地，我拨打了靳言的电话。她给过我她的电话，这是我第一次拨打。我想，要是她问我找她干什么，我就邀请她来常州游玩好了，我知道她不可能离开北京来到我的城市，我只想知道她平安无事便好。

一直无人接听，我心里极为不安。我拨打着她的电话，一遍又一遍。

终于，几分钟后，电话接通了。

靳言微弱地："喂……"

我崩紧的心终于放了下来，竟紧张得语无伦次地说："快出来，我请你……吃羊肉串……"

"没想到，我要走之前，接到的最后一个电话，竟然是你的……而他，一个电话都不愿意接，一条信息都不愿意回……"她仿佛梦呓般地说道。

“靳言！”我紧张地喊了她一声。我想说点什么，但我却说不出话来，作为一名知名的情感博主，我曾鼓励过多少迷茫的少年，安慰过多少失恋的少女，但今天面对这个女子，这个状况，我却说不出话来。

“我妈妈临死的时候，告诉我和靳荣，要我们相互依靠，如果觉得在这个世间待着实在没有什么乐趣，便去找她……”

“靳言……”我极力调整着呼吸，“其实这个世界还有很多精彩你不是没见过，而是你在经过他们身边的时候，你的眼里只有那个男人，我想，他也希望你能好好的……”

我试图开解她。

“他说过，长大后就娶我，然后永远在一起……”她继续自言自语。

有时候我们觉得一天虚度无聊，靠数着日历来过一个个春秋。殊不知，这个世界上竟有这样一个人，守护着一个儿时的诺言跨过一个个艰难的岁月。

有时候，我们的梦想竟是可以有一趟说走就走的旅行，不用担心途中没钱加汽油，不用烦恼路上没饭吃，就这样一辈子在路上。殊不知，有一个人，她的梦想是，她能一直这样一生默默地跟随着一个执念，她像一只孤独的候鸟，永远没有归途，一直飞行着、飞行着，没有停歇，停歇就是结束。

在这紧要关头，我陷入深深的忧伤中……

她问：“你害怕死亡吗？”

“我不知道死神什么时候会召唤我，但我从没想过要自己选择死亡。”我严肃而急切地回答着。

“我现在不怕了……”她说，“小时候，人家骂我是野种，靳荣冲上去和那群人打了起来，流了很多血，那群混蛋看到靳荣倒地流血都一哄而散，我便扶他去我家隔壁的诊所。医生给他包扎着，我在一边乞求他不要死。那时候，我觉得死亡是可怕的，现在我觉得，没有什么比他活着却不要我来得可怕……”

“靳言，死亡确实不可怕，呼吸停止了，我们就什么都不知道了，浪费生命才可怕，如果我们没有好好地活出一个样子来，又怎么对得起我们曾睁开眼睛看过的这个世界？”我尽量调整着紧张的呼吸声劝解着……

“这个世界，我本就不该来的，不能再连累谁了，谢谢你。”

“如果你要离开这个世界，你也应该让他知道，你怎么知道他准许你离开？”我赶紧补充道。

“靳荣……”我似乎听到她最后说出的是这两个字。

电话里传来盲音。

“喂……喂……喂……”我紧张地喊着。

电话那端，我没有听到任何回应。

从此，我再也没有收到她的任何私信，也不见她更新任何状态。我刻意去关注北京这几天的热点新闻，没有自杀、没有殉情……这个女子就像人间蒸发了一样，销声匿迹。

是啊，北京那么大，就算真的死一个人也不足为奇，有谁会把这个当作新闻呢?

这个世界上，有的人的命运像一团火花，纵使她耗尽生命地放射过，那点薄弱的力量既造不成火灾，也不会有光芒，星星点点睁开过双眼，就被世人遗忘……

靳言就是这样的女子，她母亲也是。

靳言的母亲是一个风尘女子。虽然她每天都微笑，但她不知快乐为何物，虽然她每天都依偎在不同男人的怀里，但她从未尝过爱情的滋味。或许她的世界没有一丝爱，于是在天桥下看到那个小男孩的时候就收留了他，后来又怀了靳言，谁的孩子她不知道，她只知道如果不生下这个孩子，这个冰冷的世界便不再有跟自己有一丝血缘关系的亲人了，于是他们的世界相互有了依靠。

如果靳言和她的妈妈在这个世界上会被所有人遗忘，那么靳荣应该记得，但是从现在的状况看来，他不是不记得，是不想回忆。

如今他继承着卢氏的家业，开着豪车，身边换着各种名媛，也许，他是不愿让周遭的人知道他有一个这样低贱的过去，所以，靳言的出现无非就像是他的恶梦，而他的冷漠，便是靳言的绝望……

我从这个女子身上，总是感觉到前所未有的孤独，不得不感慨，如果活着没有什么支撑，那么生命其实什么都不是。但是生活终归是要继续的。我每天依旧劝解着失恋的人们，鼓励着失意的人们，时常，我会想起这个让人心痛的女子。

有一年，我一个哥们儿在北京结婚，我受邀来到北京。因为这个女子的故事，多少对这个城市有些情结，就特地在这个城市多待了些时日。

有时候我坐在咖啡厅，脑海里会出现一个画面——她笑靥如花地向我走来，手里挽着她的靳荣，告诉我他们结婚了，从此过着幸福快乐的日子。

有时候在路上堵车或等红绿灯时，人行道上偶尔走过一个清秀的长发女子，我便会多看几眼，心里默默地想："也许就是她呢？"

然而，这是生活，不是童话，我并不知道这个女子命运如何。我只知道，从此，即使此刻我身处她曾经待过的城市，我也不可能再有她的任何消息。

那时候刚好是初秋，朋友带我们去香山公园游玩。那年的枫叶甚是好看，满山飘洒着金灿灿的枫叶，慵懒的阳光覆盖在香山上，像一幅宁静的画。满地洒落的枫叶像是铺了一层松软的地毯，我席地而坐，挑选几张精美的照片放到微博上，附文："我在北京"。

几分钟后，获得大量粉丝的点赞，其中包括靳言的微博账号。

我紧张地站起来，拨她的电话，依旧是暂停服务。

我赶紧发私信过去："你在哪儿？"

她发来一个灿烂的笑脸。

我接着发过去："我在香山，赏枫叶。"

她回："我在三里屯，吃羊肉串。"

我微笑着，发自内心地微笑着……

我没有问她，那天之后发生了什么。我只知道，她的故事还在继续。对我来说，这就够了，这时候，我想起了当初她在微博上的签名——城市摧毁了鸟巢，我们在雾霾里挣扎着，散落成一只只寻巢的孤鸟……我想，此刻的靳言即使是一只迁途的候鸟，也应该有了归巢，因为我感觉得到，她是好好的。

15.
知有相逢否

怀瑾是地地道道的南方人，安静，秀美，是我朋友圈里少见的女神。

我再次见到她，是因为一场演唱会。满场欢呼、热泪盈眶的人群间，我们是异类，坐在各自的位置上，面无表情，像两个蹿错场的群演。她静静地看着台上唱歌的男人，白皙的脸浮在舞台投射下来的幽光里，美得惊人。

我盯着她，半晌，"嘶"的一声。低头看，是掉落的烟蒂烫到了手。她察觉到我的注视，回头，愣了两秒，笑了，开口叫我的名字。我起身，冲她扬了扬下巴。她会意，两个人各自穿过拥挤的人群，在下着薄雨的体育馆外走到一起。

她衣着简单，眉眼依旧，笑着跟我打招呼。我重新点起一根烟，叼在嘴里，笑着说：“好久不见啊，怀瑾。”

我们都没带伞，淋着雨去马路边上打车，聊彼此的近况，言语间丝毫没有谈及曾经。怀瑾曾经不叫怀瑾，她为了一个男人把自己的名字改成怀瑾，因为那个男人的名字里有个瑾字。那个男人，我认识。鲜衣怒马，意气风发，现在已经失去了联系。他们的纠缠，无法用三言两语说尽，作为那个见证了所有故事的人，即使多年过后，也没有任何复述的欲望。

我把怀瑾带到一个我常去的酒吧，两个人一人一杯酒，坐在角落里，随意地聊着天。她说起自己的经历，如何毕业、考证、工作，在偌大的城市里扎根生存，一点一点，把旧事说尽。

我裹着一件黑色的风衣，静静地听着她说话，偶尔插几句，并没有说起自己的事情，只是听。她终于无话可说，凝视着桌上盛着琥珀色酒液的杯子，沉默良久，轻声说：“你和他还有联系吗？”

我摇摇头，说：“没有。”

她欲言又止，笑了一下：“没有就好。”

我没问怀瑾是不是忘记那个人了，因为知道不用问，她一定还没有忘记。那么多年过去了，她还是和以前一样，黑发长裙，面容干净，只一眼，我就把她认出来了。不是因为记得多深，而是她没有丝毫改变。她还活在过去的那场梦里。

我不知道该怎么劝她，怀瑾看懂我的表情，轻微叹了口气："我不是在等他，你放心，"我只是怕再遇见他"。她说完，拿起放在手边的包走出去，很快就消失在了我的视线里。

我无声地喝完杯里的酒，把手插进口袋里，慢腾腾地走出酒吧，看着酒吧门前湿淋淋的大树，出了一会儿神。

故事的开始，总有一个人兵败如山倒，故事的最后，总有一个人先走，再也没有回头。怀瑾的故事里，开头和结尾，都是同一个人。

结合上下文，很容易猜出来，那个人当然不是怀瑾。

怀瑾当然是个足够美好的女人，他也曾迷恋过她一低头的温柔，可是故事的最后，他还是毫不犹豫地走了，斩断和所有故人的联系，拼尽全力都要走。

我点了根烟，看着外面渐大的雨幕，幽幽地吐了口白雾。

爱情这种东西，就像鬼，从千万人嘴里听过，你知道它也许存在，但你知道，这辈子，你可能见不到了。

眼见着雨一时半会儿停不了，我叼着烟，慢条斯理地走回酒吧。酒保阿宝瞧见我回来，嘿嘿一乐。我冲他翻了个白眼，重新在刚才的位置坐下，望着窗外的雨幕，沉默着发了很久的呆。

那之后我很久都没有再见过怀瑾，虽然我们彼此交换过联系方式，但都很默契，谁也没有联系过对方。直到有一天深夜，我接到怀瑾的电话，她在电话那头清晰而冷静地说：“我见到容瑾了。”

我愣了几秒钟，怀瑾继续说道：“你在哪儿，我们过来找你。”

她说“我们”，意思是，容瑾也在。我跟她约好在上次的酒吧见面，之后快速地换衣服出门。出门前，看了镜子里的自己，似乎没什么变化，或者只是变化得细微，日积月累，自己并没有发觉。此时看去，眼角眉梢似乎多了些细纹。一言以概之，老了。

我匆匆赶到约定的地点时，容瑾和怀瑾已经到了，两个人安静地在酒吧的角落对坐，相视无言。

我和容瑾打了声招呼，一个简洁的拥抱，述尽旧日情谊。我坐在怀瑾身边，看着久别重逢的容瑾，笑着说：“你们怎么遇上的，那么巧？”

容瑾也笑：“我来这里出差，错过了早班机票，在机场等了四个小时，才坐上一趟飞机，结果在这边的机场遇见了怀玉。”

怀玉，是怀瑾以前的名字。怀瑾的表情里，有轻微的动容，难以掩饰。

我知道她动容的来源，多年过后，深深挂念的人，记起的是最初的她，最初的名字，最初的面容，最初的心动。

我安静地看着他们脸上的笑容，心情复杂，仿佛正在看着他们多年之前的纠缠，重新开始。换了个时间，换了个地点，相同的主角，不同的是那两张已经不复年少轻狂的脸。我轻而短促地叹了口气，心情复杂。

此时酒吧外只有几盏零星的路灯、黑暗的马路上昏黄的扇形光晕以及灯罩上合着翅膀的疲倦飞鸟。

这座城市疲惫欲眠，偏偏有不知好歹的男女在冷清的灯火下，天真地想要重温旧梦。

错误再重复一遍会变成真理吗？当然不会。

人性本贱，时间过去，往往只会记得记忆里那些美好的东西，忘记了过去固然是真的，但争吵、伤害、分别、痛苦，也是真的。

我和他们短暂地见了一面之后，没有再关注他们之后的故事。直到大半年后的某一天，怀瑾来找我，带着满面泪痕站在我租的房子门前，说："你帮帮我。"

彼时我刚结束漫长的编辑工作，浑身烟酒气，愣愣地看着一身白裙的她站在屋外，半晌，才问了一句："怎么了？"

怀瑾情绪失控，抓着我的手臂，浑身湿透，我看着她身上紧贴身体曲线的湿裙，侧脸向楼道外望去，惊讶地发现外面竟然在下雨。

我都不知道，外面下着这样大的雨。思绪一瞬间放空，轰然雨声伴随着清新而寒冷的风鼓进肺部，带来阵阵刻骨的凉意。

怀瑾没有注意到我的走神，她死死地抓着我的手臂，撕心裂肺地痛哭，断断续续地哀求我：“求求你……帮我……”

我面无表情地看着她缓缓在我面前蹲下，一双手仍然紧紧拉着我的手臂。我任她拉扯着，低头看她的头顶，小小的发旋，浅而清晰。

我记得很多年以前，炎热的夏季，没有下雨，怀瑾也是这样敲开我出租屋的门，拉着我的手臂哭着说：“沈，求你，容瑾他不肯见我，你帮我，帮我见他一面好不好，求求你……”

怎么会有那么可笑的事情？历史重演，这个女孩经过那么多离别与成长，竟然还是在容瑾面前一败涂地。被她哀求的，竟然还是始终在故事之外的我。这多像一个诡异的怪圈。

不知道过了多久，怀瑾情绪渐歇，松开了握着我手臂的手，安静地蹲在我面前，抱着自己，无声地啜泣。

我把她扶起来，带到房间里。房间里当然是凌乱不堪的，随意散落的衣服、烟头、外卖盒，一眼看去便知道是单身男人的居所。我踢开地上的啤酒罐，扯了条毯子安顿怀瑾在沙发上坐下，自己走到厨房给她倒了一杯热水。“多喝点热水”这个梗在微博上曾经盛极一时，被用以嘲讽男人的低情商，只知道用热水去安慰女孩。在我看来，寒冷到连灵魂都战栗的时候，什么安慰都比不上一杯热水来得实在。掌心的那点热度淌进肚子里，足以慰藉腹中每一寸冰冷的肠胃。胃暖了，灵魂自然就会渐渐充盈起来。

怀瑾接过那杯水，恍恍惚惚地送到嘴边，烫了一个激灵。我拖了一张椅子，坐在她对面，继续吃没吃完的泡面，热气腾腾的，看不清楚怀瑾脸上的表情。怀瑾垂着眼，慢慢地喝完那杯滚烫的热水，一言不发。

我吃完自己那顿可怜的晚饭，点了根烟，抽了一会儿，慢条斯理地说道："你和容瑾又怎么了？"

不是怎么了，而是又怎么了。怀瑾把空的杯子放在茶几上，声音带着悲泣后的沙哑，仿佛提琴声嘶力竭后的哀泣："容瑾结婚了。"

我哑口无言地看着怀瑾，怀瑾也看着我，我们相对无言了很久，她轻声说："可是我和他上了床，还怀了他的孩子。"

一片寂静。

我看着她通红的眼角，表情空白了几秒，像个演戏演错了不知所措的戏子，过了好一会儿才反应过来，哑声道："你打算怎么办？"

"怎么办？"怀瑾神经质地冷笑了一声，"纠缠他，纠缠到死，纠缠到他给我一个名分，一个结局"。

怀瑾的那种眼神，我熟悉之余又觉得陌生，沉默了一会儿，站起来说："看来你已经决定好了，我祝你成功。你走吧，毯子送你了。"

怀瑾不动，扬起一张莲花般洁净明亮的脸，脸上的表情比哭还难看：“你是不是和他们一样，都觉得我恶心？”

我俯视着她，冷冷地说：“我不觉得你恶心，我觉得你可怜。”

怀瑾把半湿的毛毯掀开，站起来，在门口站定，单薄的身体微微摇晃，她转过身，对我说：“我骗了你，我在等他，这么多年我一直都在等他……所以，我不能放手，我不能。”

她重复着“我不能”这三个字，像是在说服自己，摇摇晃晃地走出了我乱糟糟的出租屋。

我看着她的背影，某一个瞬间，心里蔓延出淡淡的绝望。

坦白地说，我不理解她。

在我眼里，容瑾当然是很好的，值得女孩子为之心动，为之等待，为之追逐。可真的有那么心动吗？怀玉，你追逐的其实是自己心里缺失的影子，而不是那个俗世中的男人。

之后的故事，我辗转从别人口中得知：怀瑾辞去稳定高薪的工作，追去了容瑾的城市，不择手段，最终成功逼迫容瑾离婚，娶了她。他们在容瑾的城市举行了婚礼，但怀瑾没有发请帖给我，大概是知道我也不会去。婚礼半年后，怀瑾产下一个七斤六两重的男婴，她发了一封邮件给我，里面是那个孩子的照片。裹在蓝色襁褓里初生的婴儿，小而皱，看不出父母的轮廓，紧紧地闭着眼睛，抿着嘴唇，仿佛在拼命地忍耐某种不为人知的痛苦。

收到怀瑾的邮件时正值黄昏，我坐在电脑前看着那张照片发了一会儿呆。回头看暮色苍茫的阳台，阳台上挤满了湿淋淋的衣物。我不喜欢洗衣服，所以总是把所有能穿的衣服穿完，才会一次性地把脏衣服洗干净。这一度是我对待人生的方式，把事情寄托到明天的惰性。无论是生活还是感情，乱糟糟的就让它乱下去吧，等有时间有精力的时候，一次性收拾干净就好了。我对生活的天真在这里体现得淋漓尽致。有一段时间，我甚至忍不住想，如果人生也能这样，那该多好啊。在我尚年轻的时候，让我把一生的痛苦都经历完吧，然后就让我有干净明亮的余生。

怀瑾和我不同，她有正常而规律的作息与生活，当日事当日毕，当天的衣服当天洗。唯一的例外大概只在爱情上。她比我现实多了，也比我天真多了。她现实到敢那样认真而不遗余力地去生活，她天真到敢那样执着而不顾一切地去追逐一个名叫爱情的幻梦。我确认她肯定过得比我好。她已经尝尽了爱情中的等待和苦痛，我只能暂且相信，迎接她的会是幸福，会是干净明亮的余生。我在爱情里，一向很现实，难得的一次例外是因为心里对怀瑾那一点微妙的恻隐。

2015年的春天，我终于交了一个女朋友，她很年轻，很美好，笑的时候胶原蛋白满得快溢出来。不知道是不是因为很久没有交女朋友的缘故，我对她很好，温柔迁就，细心照料，不让她受一点委屈。我对她那样的耐心，耐心到有时候我恍惚觉得荒谬。我是真的爱着这个人吗？想娶她吗？想要和她共度余生吗？每一个问题的答案都是，我不知道。

我突然觉得好奇，怀瑾究竟是怎样确认容瑾就是她穷尽一生想要到达的彼岸的？相夫教子，幸福一生，就是怀瑾的结局吗？我突然迫不及待地想要得到确认。

我费尽周折联系到了怀瑾，电话里，我还没有开口询问她自己的困惑，她已经淡淡地告诉我："我和容瑾离婚了。"我还没消化完这个突如其来的消息，怀瑾已经无比平静地继续说道："孩子判给我了，我明天的飞机飞纽约，现在就在北京。你今晚有空的话，出来我们聚聚吧。"

我反应过来，正想答应，怀瑾在电话那头冷静地说："我会带着孩子在那里定居，不出意外的话，这应该是我们最后一次见面了。"

心情陡然沉重起来，挂了电话，我立即开始收拾自己，慎重地穿戴整齐准备出门。

女友感到有点奇怪，问我："你要去干吗？"

我刮着胡子，闻言恍惚了几秒，说："很多年前听说了一个故事，今天出去把结局听完。"她鼓了鼓嘴，回头继续看她的美剧。我收拾好自己，拿了放在玄关的钥匙，开车赶往和怀瑾约定的地方。

当初的那个酒吧早就消失在了高楼大厦中，这一次，我和怀瑾在她居住酒店的咖啡厅里见面。怀瑾一如既往地早到，点了一杯美式咖啡，选了最角落的位置，带着不到两岁的孩子。我到的时候，她抱着孩子起身示意。我坐在她的对面，点单后忍不住打量她怀里的孩子。孩子很可爱，乌黑的眉眼，很像容瑾。他呀呀学语，我看着心生柔软，倒是怀瑾大概是因为见多了，表情始终淡淡的，并没有显露多少对孩子的疼爱。

服务员把咖啡送上来，我喝了一口，怀瑾开口说话："其实我希望你当初阻止我。"

我抬头看她，她微微一笑，摇头："你知道阻止我也没用，我也知道。所以这一切，真的是我咎由自取。"

她说起当年艰辛的争取，说起容瑾的妥协，说起父母的为难与痛苦，唯独没有说起自己的感受。说了很久，似觉口渴，喝了口冷透的咖啡，仿佛感觉不到苦味一般，面不改色地说："我用那样卑劣的方法得到了他，现在别人用同样的方法让我失去了他，挺好的，我自食其果，真是可笑。"

我始终一言不发。她很习惯我的沉默，揽着幼子，良久无言，最后开口："最初，我过得好是想向他证明，没有他，我也可以过得好，甚至可以过得更好。可是，他始终没来看我。于是我开始不甘心，那么久，我始终等待着我们的重逢，等重逢的时候我没让自己失望，真的让他看见了我过得很好。”

“如果我满足了就好了，可是我没有。我还是不甘心，没有跟他有一个结局，既没有相濡以沫也没有相忘于江湖。于是我想方设法跟他重新开始，不择手段。现在我跟他终于有结局了，我也甘心了，可以远走江湖了。牧乔，我得偿所愿之后，一直都在想你当初的那句话。你说你不觉得我恶心，觉得我可怜。在真的得到容瑾之后，我才觉得我真的很可怜。”

“他以为我跟他只是一场旧爱重逢，我却赔上了自己的一生。”

我听完她长长的诉说，声音暗哑地开口：“怀瑾，你现在离开，还会有一天再和他重逢。”

她大笑：“知有相逢！我知他日必会再次相逢！可我再不会把一场相逢演成错误，牵累一生！”

怀瑾带着孩子离开了，我看着她的背影，满腔问题得不到答案，只能压下去，或许腐烂，或许等到合适的人，再次询问。

16.
愿你执迷不悟时少受点伤

张仰是我见过最没主见的人。学习成绩差，一学期至少要挂三门课，长得不出众，更没有拿得出手的优点。他的没主见体现在生活的方方面面，早饭吃什么？随便！那午饭呢？随便！晚饭总该有点想法了吧？随便啊！就连内裤买什么颜色，都要问一下同学的意见。

张仰家境并不是很好，爸妈都是做小生意的，起早贪黑拼死拼活赚钱供张仰读书。张仰不争气，一学期挂三门课，三年的补考重修费都够交半年的学费了。就这样到了大四，一度收到学校的学业预警，最终是在静静的督促与鼓励下，才顺利完成学业的。

张仰家运气好，赶上常州造地铁，政府拆迁，拿到了一笔数目不菲的拆迁款，一下子阔了起来，毕业不久就和静静结婚了。

静静爸妈都是工薪阶层，静静勤俭节约会持家，这也许就是张仰娶她做老婆的原因。婚后两人经常因为意见不合吵架，张仰有点钱就喜欢请朋友吃喝玩乐，静静觉得真心的朋友就不应该是面子货，有钱也不应该乱花。万一想要个孩子，以后奶粉、尿布、上学都得花钱。张仰觉得友谊是需要钱来维护的，女人管理好内务就行，男人的事不需要多管。

吵着吵着，两人在结婚一年之后就离婚了，离婚的原因竟然不是吵架，而是张仰出轨。离婚的时候静静什么都没要，张仰给了她一张银行卡，里面有20万，当是分手费。

张仰在威图酒吧摆了个大局庆祝自己恢复单身，阿占看不过去埋汰了他一句："你都有新欢了还单身什么啊。"

张仰毫不示弱，有自己独到的见解，举着一杯洋酒，大言不惭地说道："还没结婚前都是单身。"

"真臭不要脸。"我心里骂道。

"今天叫你们来，还有一个重要的原因，就是再过一个月，我就要和徐昕结婚了。"张仰扬着脸，得意洋洋地继续说道。

我和阿占面面相觑。

出乎我的意料，他这么快又要结婚了，对象竟然还是大学里的学姐徐昕，更出乎我的意料，又要出一回份子钱了！

徐昕是我们大学里出了名的校花，在校期间担任学生会主席，还是校园十佳歌手。因为人长得美，所以办起事来顺风顺水，校领导们也很器重她。每次学校里举办什么大型活动，所有的赞助都会让她去组织，徐昕也不负众望，每次都能拉回来一大堆的赞助。

当时她是张仰的爱慕对象之一，听说毕业后和一位美籍华人结婚了去了加拿大，后来不知道什么原因离了婚回了国。

过了一个月，我去参加张仰的婚礼。张仰二婚没请多少人，婚礼上张仰来我们老同学这桌敬酒，他端着酒杯有点动情地说："敬大家，你们是我人生中最重要的一群朋友。"

阿占笑着打岔："张仰，你够厉害啊，大学里的女神都被你搞定了，我们这都是第二次出份子钱了，你说你是不是要多喝一杯呀？"

张仰也笑，仰头连喝了三杯，到最后都有点站不稳了。徐昕站在一旁，滴酒未沾，只是搀着他，一边和桌上的人打趣，一边柔声地劝着张仰少喝点。张仰拍着徐昕的手，一脸满足地叹她贴心。

徐昕只是笑，眼波曼妙，目光柔暖。

她这会儿穿着一件红绣金的旗袍，旗袍开叉都快开到大腿根儿了，露出两条腿上雪白的皮肤，十足的妩媚撩人。

阿占喝完酒坐下来，瞟了眼张仰身边巧笑倩兮的徐昕，微微转过脸，给了我一个意味深长的眼神。我回了他一个没好气的白眼。

一片喜庆的气氛里，醉醺醺的张仰好像都忘记了，曾经在这个地方，他还娶过另外一个女人。同样的白纱，同样的旗袍，同样的宾客。那个叫静静的女人，不是只站在他身边搀着他劝他少喝一点酒而已，而是撑着不甚高大的身体挡在他面前，一杯一杯替他喝。

静静没有徐昕美艳，没有徐昕身材好，没有徐昕百依百顺，有的只是一颗能为张仰一往无前的心。但这一颗一往无前的心，已经被张仰抛弃了。

我们这群人里，静静是最正常的。在学校的时候，成绩优异，人缘好，不喝酒不熬夜。毕业之后考上公务员，有一份稳定的工作。结婚之后，一下班就回家洗菜做饭，勤俭温柔，简直就是中国女性所有美好品质的缩影。

你说这么好的姑娘，当初怎么就落在张仰这个混球手里了呢？

时过境迁，我们都已经不再记得张仰是怎么把静静追到手的，只记得在我们还没意识到这两个人之间会有什么或者已经有点儿什么了的时候，张仰就已经大摇大摆地牵着静静的手在学校里招摇过市了。

大学快结束的那个寒假，张仰把静静带回了家。

静静这样三观端正的好姑娘，天生就讨老一辈人的喜欢。张仰的父母做了半辈子的生意，什么人没见过，一眼就相中了这个儿媳妇，反复叮嘱张仰要好好待静静，张仰当然也一口答应。

张仰和静静大学毕业之后，张仰的父母合计了一下，想早点把张仰和静静的婚事定下来，就问张仰，愿不愿意娶静静。

张仰想都没想，就说了两个字——随便！

张仰的父母早就习惯了儿子的没主见，听他说随便，就当他同意了，联系了静静的父母，两家人见了面，谈过之后一拍即合，迅速把订婚日期和婚礼日期敲定了下来。张仰甚至连婚都没求。

朋友圈里难免有人说闲话，为静静抱屈，觉得张仰这个三无青年连婚都不求，实在是委屈了静静，但静静本人却不介意。在她眼里，所谓浪漫的求婚不过就是一道繁琐的仪式，最后哪怕再怎么鲜花钻石、热泪盈眶，结果都是逃不过一句“我愿意”的。既然结果都是一样，求不求婚又有什么关系呢？所以，有没有求婚这个仪式对静静来说，其实真的是没那么重要的。

那个时候，对静静来说最重要的就只有张仰这个人而已。可现在，终于连这个人也没了。

静静不算我们朋友圈里的人，只是因为张仰，我们才和她有了一点交集。发生这样的事情，我们作为张仰狐朋狗友中的一员，好像没什么资格去安慰她。只是听说她搬回了父母家，依然风雨不动地上下班，仿佛生活没有受到任何影响，平静如常。也许真的是互相折磨了太久，终于没剩下太多情意，所以分开的时候，两个人都只觉得解脱。

张仰二婚后的生活过得十分惬意。貌美如花的娇妻，足够他肆意挥霍的家产，一群见利起早、前呼后拥的“朋友”，每天一睁眼就是顺心顺意，张仰满足得很。

张仰不止一次在我们面前大夸徐昕的温柔懂事，连连庆幸说还好当初和静静离了婚，不然日子哪能过成这样。

那个时候张仰没找工作，和徐昕两个人只是靠那一笔拆迁款生活。他的父母倒还在做生意，只是因为年纪大了，也慢慢地歇了下来。

张仰虽然没主见，但坐吃山空的道理还是懂的。被我和阿占说了几次之后，张仰也寻思着要做点生意赚钱。可张仰吃喝玩乐惯了，哪里还受得住半点做生意的辛苦，这这那那做了一年，结果还是只亏不进。

生意不顺利，张仰难免烦心。徐昕就劝他先别急着做生意，慢慢来，先休息一段时间再做打算。张仰当然顺坡下驴地答应。

我和阿占没办法再劝，只好眼睁睁地看着张仰天天泡在香车美酒里，整个人一点一点败下去，再也没有半点想做事的念头。

朋友做到这份上，该说的话说尽，还能怎么办。

我和阿占都有各自的事情，我要上班，阿占要做生意，没那么多时间和金钱陪着张仰胡闹。他约我们出去玩，我们大部分时间都没空，拒绝多了，张仰也就不再约。日子一长，关系竟然就这样淡下来了。

我和阿占早料到有这一天，毕竟彼此走的路不同，再铁的关系也总会有淡下来的一天。也许是因为早有准备，所以等到事情真的发生了，也就没那么惊讶了。

这世界上，所谓的朋友好像就是这样，在合适的机缘里遇见，互相陪伴着走一段，就已经是最大的幸运。不同的境地有不同的朋友，有时候曾经掏心掏肺的好朋友渐渐趋于平淡甚至被遗忘，可能并不是有了隔阂或争吵，只是共同的路已经走完了，接下来的路已经有别人陪着走了。

我们还是会和张仰见面，只是已经不如从前亲密。

张仰总是兴致勃勃地谈着自己如何玩乐，而在座的其他人，漫长的一天中或经历繁重的工作，或面对难缠的客户，时间长了，便渐渐开始厌恶他空虚而自满的嘴脸，轻蔑这个只会大把挥霍时间和金钱的富二代。

张仰渐渐觉察出老同学们的疏远，心里有了焦虑。他大概知道做生意这条路并不适合自己，于是卯足了劲找其他能生钱的路子。

正好，徐昕听说以前在国外的朋友要在国内搞一个项目，需要注资。据说投资200万，等项目结束，连本带利可拿回300万。

我跟阿占听说之后，心里隐隐约约觉得有些不靠谱，但因为项目投资的对象是徐昕的朋友，我们也不好对别人夫妻间的决定指手画脚，也就压下了疑惑，没再过问张仰这件事。

张仰听徐昕天天在耳边说这个项目有多好，一颗心早就蠢蠢欲动，加上那没什么主见的性子，到最后当然是徐昕说什么就是什么。

可投资项目需要200万，张仰手里只有160万，他一个人实在凑不齐，就找朋友借了几十万，又借了几十万高利贷。

投资项目之后，张仰每天在家装模作样地研究项目前景，打电话跟我们分析市场。我和阿占听他分析得头头是道的，也就安了心，听他在电话里念念叨叨的，心里居然有些安慰。好歹张仰找到事儿做了。

可渐渐地，张仰的日子没那么好过了。张仰把自己所有的家底都放在徐昕的项目里，还借了不少钱，手头当然松快不了。他又是享受惯了的人，哪里还过得了清贫的苦日子，于是等着投资项目回钱的日子里，张仰又欠了不少债。

项目迟迟不结束，投下去的钱也拿不出来，张仰日渐焦虑，但却没有表露出来。

又过了很长一段时间，张仰打电话给我，在电话那头他只说了一句话就大哭起来："我被徐昕骗了！"

心里最坏的猜测骤然成真，我心里咯噔一下，迅速放下手头的工作，跟阿占一起去找张仰。张仰在一个酒吧里，我跟阿占到的时候，他坐在一个小包厢里，喝了一地歪七扭八的酒瓶。见我和阿占来，张仰勉强从地上爬起来，两眼通红，酒气冲天地说了一句话：“哥们儿，我完了，我这次真的完了。”

从他断断续续的述说里，我跟阿占大概知道了事情的经过。徐昕说的项目投资，确有其事，但她的朋友只要求徐昕投资一百万，承诺的回报是项目利润的百分之几，并不像徐昕说的，投资两百万，等项目结束就有连本带利三百万的回报。

徐昕不傻，她精得很，没有找个托儿把张仰的两百万骗个干净，如果她这么干了，那就不是投资，而是婚内诈骗了。所以徐昕投了一百万，然后拿走了张仰的另外一百万。

张仰原先不知道这件事，徐昕的朋友打电话向他道歉，跟他说项目亏空了，他投的一百万，可能拿不回去了。张仰心想自己明明投了两百万，怎么这会儿在你那儿就突然变成一百万了？

张仰在电话里跟徐昕的朋友争起来，徐昕的朋友这时候也急了。两个人约好在外见面。见面的时候，徐昕的朋友把收钱的单据一亮，张仰仔细看完，这才傻了眼，知道自己是彻彻底底被徐昕骗了。

回到家，张仰气急败坏地找徐昕对质。徐昕早有准备，把张仰当初签的授权书一扔，特别冷静地说，自己拿的一百万全花完了，还有，她要跟张仰离婚，净身出户。

说是净身出户，其实那个时候张仰根本就没剩下什么了，要说还有什么，只有身上背负的几十万债务。

张仰气急败坏，签了离婚协议书，当天就被徐昕拉到民政局把婚给离了。跟张仰离了婚，徐昕连过渡都不过渡，就迅速找上了一个搞房地产的老板，据说她还没和张仰离婚时，就和那个男人搭上了。

张仰一下子陷入了人生的谷底。钱被徐昕骗走了，还欠了20几万的高利贷。整天东躲西藏，家也不敢回，朋友也不敢收留他，每天被高利贷追债，一时间变成了扎人的仙人掌，亲朋好友见了都躲。

他让我帮他凑20万，保证一定还给我，我答应他尽量想办法。虽说是答应张仰想办法，可我一个上班族，哪里能那么快就筹到20万来？所以说那段时间里，我也是焦头烂额。

后来有一天，静静打电话给我，当时我正给一个老同学打电话，他用尽各种借口，婉拒了我借钱的要求。所以接起电话时，我的口气并不是那么好，静静倒也不生气，只是问了一句话："张仰出事了？"

我把情况跟她简单说了一下，静静听了，也没说话，在电话那边只是沉默了几秒钟，说了句"我知道了"，就挂了电话。我当然没指望从静静那里借到钱。张仰那混球，当初做出那样的事情来，现在出了事，凭什么要静静拔刀相助，人家不偷着乐已经很对得起他了。

我叹了口气，继续打电话帮他筹钱。

张仰在外面躲了三个月，后来高利贷告诉他一笔勾销，他才敢回家。一个月后，他打电话给我，说暂时只有5万，先还我，剩下的钱他以后再补上。

我有点纳闷地问：“你还我钱干吗？”

张仰愣住，反问我说：“我高利贷的钱不是你还的吗？”

我沉默了几秒，说：“我还没凑齐呢，对了，我跟你说，上次静静打电话给我，我跟她提到过你的情况……”

后来我才知道，竟然真的是静静帮张仰还了那一笔高利贷，连本带利，足足22万。静静把当初离婚时从张仰那里拿到的钱以这种方式还给了他，不仅还了，还倒贴进去两万块。

过了两个月，张仰打电话给我，轻描淡写地说：“兄弟啊，你可能要准备我三婚的红包了。”

我在电话这头愣住，他淡定地说：“我和静静复婚了。”张仰继续说：“以前是我瞎了眼，看错了人，我错了一次，不能再错第二次。我爸妈把自己的房子卖了，替我还了钱。我也总算知道自己想要什么，我重新追了静静，把当初欠她的求婚也补上了，我当着她爸妈的面发了誓，这一次要好好对静静，不会再让她失望了。”

这个最幸运的傻子，他知不知道，多少人幡然醒悟知道什么才是对自己最重要的东西时，那个最重要的东西，已经追不回来了。

张仰何其幸运，经历过那样多的风雨，他浪子回头时，静静还在那里，她还愿意再给他一次机会。

愿你执迷不悟时少受点伤，愿你幡然醒悟时物是人也是。

17.
妾愿同君尘与灰

2015年的春夏之交，陈绪回到常州，带着一个伤痕累累的胃。我去医院看他，带着一束鲜花。

陈绪一个人躺在病床上，闭着眼睛，手背上连着滴管，半空中有透明的液体，一滴滴掉进输液器里。房间里很安静，没有其他的人。我放下花束，坐在床边。陈绪瘦了很多，脸只剩下一个框架，线条锋利，乍一看，让人恍惚有一种将被割伤的错觉。

我看着他的脸，沉静的无声的脸，有点漫无边际的茫然。曾经在球场上和我彻夜喝酒打球的那个人，好像已经消失在时光的洪流里。眼前的陈绪，仿佛一个我不曾认识过的陌生人。

不知坐了多久，年轻秀丽的小护士进来检查滴注瓶，看见我沉默地坐在病床边，惊讶之余，腼腆一笑。

我顺着她的视线抬头看，发现头上的滴注瓶已经快空了。我有点抱歉地笑了笑，起身让到一边，看着小护士熟练地收换滴注瓶出神，不经意间我察觉到一个人的视线。

陈绪醒了。

他看到我，笑了笑，露出洁白整齐的牙齿，那笑容依稀透出一点旧时的模样，说：“你来啦。”

我点点头，也笑，然后说：“我来了。”

其实我跟陈绪已经有好几年没有见面了，他毕业之后去了北京，而我留在常州工作。距离拉长之后，关系就渐渐淡了下来。有些人天生不擅长和别人保持联系，比如我，有些人天性宽容，不介意别人社交上的弱点，比如陈绪。

陈绪微微直起身，想坐起来。我扶陈绪坐起来，拿了一个枕头让他靠着。等他坐好，把扎着针的手平放在被子上，还是笑着说：“今天怎么有空过来？”

我看着他的动作，轻声说：“我今天在外面遇见叔叔阿姨了，说你的慢性胃病发作，住院了，就过来看看你。”

陈绪的笑容渐渐变得有些无奈。我看着他明显消瘦下来的脸，摇了摇头：“叔叔阿姨是为了你好，才坚持要你回来，不然你还真想用这个胃熬死在北京？”

陈绪仰头靠在枕上，轻而长地叹了口气。他沉默地看着头顶淡白色的灯管出了一会儿神，半晌突然抬起头看着我，毫无预警地说：“黎绡要结婚了。”

我哑然。

记忆里，一张沾满眼泪的素色脸孔在脑海里一晃而过。陈绪重新把头靠在枕头上，看着虚空中某个点，声音透出一点淡淡的苦涩：“以前就算病得再厉害，我都没想过要回来。知道她要结婚之后，没太注意身体，又进了医院。我爸妈实在忍不住，去了北京，坚持要我回常州，我也就顺着他们的意思回来了。”

他眼神疲倦，哪里还看得出一点当初鲜衣怒马的模样。我看着他，不知道该用什么表情去面对他这番话，只能把眼神落到窗外浓烈的绿色枝叶上，沉默。

几年前，我们大学毕业。陈绪坚持要去北京发展，黎绡则要留在本地。四年的情侣，在人生的分叉口，难以避免地开始争吵、指责，一次又一次地试图说服彼此，最后疲倦。就这样分开。好像也不是不爱了，只是各自有无法舍弃的东西，无法妥协。

那时候，陈绪无法舍弃的是梦想，是北京这座巍峨的追梦之城，而黎绡无法舍弃的则是家里已经开始老去的父母。

黎绡一直是个足够理智的女孩。我至今都还记得她站在常州凌晨的街头，很冷静地对陈绪说："不如我们分开吧，你去北京，我留下来。"陈绪短暂地愣了一下，然后斩钉截铁地说："好。"那样干脆利落，仿佛不曾爱过。

陈绪说完那个"好"字之后转身就走，留下一堆目瞪口呆的朋友，手足无措地看着黎绡泪如雨下的脸。我不知道那天黎绡哭了多久，只是依稀记得，那个晚上的末尾，黎绡打了陈绪的电话，对着空无一人的马路哭泣、争吵、质问、哀求。

她说："陈绪，你能不能为了我，留下来。"黎绡已经一退再退，而陈绪却始终只是沉默。他的沉默长到足够让黎绡明白他的坚定，足够让黎绡绝望，也足够让黎绡恢复理智。黎绡无声地挂了电话，再也流不出任何眼泪，声嘶力竭之后，她的脸上只剩下尘埃落定的平静。我和一个留下来的女生送她回家。

时间过去之后，再回忆起当时的细节，已经渐渐模糊，唯一清晰的似乎只有黎绡沮丧地靠在车窗上时那双红肿而绝望的眼睛。

那双眼睛和此刻陈绪的眼睛重合起来，格外相似。心有不甘，但无能为力。

我在医院陪了陈绪一个下午，直到离开时才发现，夕阳西沉，天空的一角燃着灿烂的红。天色如此辉煌，我看得有点愣。

医院门口车水马龙，一片喧嚣中，不知为何，我竟然就这样站在原地望着远处的天空，想起曾经。

曾经的陈绪，曾经的黎绡，曾经的我，好像都不像现在这样。我们已经变成面目模糊的成年人。当初最厌恶那种软弱、犹豫、懊悔的成年人。

我收回仰望天空的眼神，看向对面安然亮起的绿灯，随着人流静静地淌向对岸。

不知过了多久，陈绪主动和我联系。我们在以前经常去的馆子里吃饭，原来的老板年纪大了，现在管着店面的是他的儿子，认出老顾客，十分热情地招呼我们落座。

陈绪点了几个菜，等上了菜一尝，颇有感慨地说："小老板火候没到，只有老徐七分功夫。"

我笑了笑，说："年轻嘛。"

陈绪一下子沉默下来，过了半晌，说："是啊，毕竟还年轻。"

说起"年轻"这个词，我们都心有积戚。

我们没再说话，各自低头吃东西，吃完之后，在附近找了一家酒吧，各自点酒，坐在吧台前。点酒的时候，我还记着陈绪的胃不好，不让他喝酒。可陈绪十分坚持，争执了一会儿，我无奈妥协。喝了一点酒，陈绪紧绷的情绪渐渐松开，他看着手里的酒杯，良久，也不看我，只是低声说："我去找黎绡了。"

我喝着酒，闻言一怔，诧异地看过去。陈绪的眼神有点怔怔的，盯着手里的酒杯，仿佛喃喃地说：“我没想怎么样，只是想见她一面，就打电话约了。”

我继续喝酒，平静地问了一句：“她好吗？”

陈绪一声苦笑：“挺好的吧，忙着筹备婚礼呢。”

我不知道该说什么，于是沉默。

陈绪闷不吭声地喝完杯子里的酒，深深吸了一口气，重重吐出来：“徐然，我后悔了，我真的后悔了。我不该一门心思要去北京，不该和黎绡分手，也不该那么晚才回来。”

他的声音带上点难言的哽咽，一双手死死地攥紧手里的玻璃杯。我只当作没看到。

陈绪、黎绡和我从初中就认识了，他们两个人几乎可以算是我同性和异性中最好的朋友。起初对于他们的相恋我乐见其成，而后作为见证他们分手全过程的人，对他们的纠缠，我判不出对错，也说不清楚是非，所以我一直都选择沉默。

黎绡自从和陈绪分手之后就没再联系过我，我也没有尝试去主动联系她，所以陈绪说黎绡要结婚时，我才会那么惊讶。

因为当时我确实很久没有黎绡的消息了。我确定黎绡不会爱上别人，她要结婚，是一个既定事实，无从更改，但和爱情无关。

说起来我并不了解现在的黎绡，但不知为何，就是十分确定，黎绡还爱着陈绪。她只是不会再和陈绪在一起。

陈绪一声不吭地喝酒，我看着他脸上沉郁的表情，想劝的话在喉咙里滚了一圈，终究还是生生咽了下去。

最后，陈绪喝醉了。我送他回家，陈绪坐在出租车上，头抵着车窗，醉眼朦胧地看着窗外的夜景发呆。到达陈绪的住处时，我扶他下车，趁着我回身付钱的功夫，陈绪蹲在路边吐了一场，吐完之后，掏出手机打电话。

也不知道电话到底接通了没有，陈绪只是蹲在那里，举着手机，半天都没有说一句话。

我站在陈绪身后，看着他。短暂的愣神间，突然听见陈绪爆发出沙哑的哭音："黎绡，你能不能不要嫁给别人？"熟悉的场景，只是换了主角，哀求哭泣的那个人变成了陈绪。这算风水轮流转吗？我略微苦笑，也不知道电话那头的黎绡听见陈绪这样的话，会是怎样的心情。是觉得苦涩，还是觉得快意？

我不知道黎绡说了什么，又或者是什么都没说。陈绪挂了电话，静静地蹲在那里，过了很久，一头栽倒在地上。我吓得呼吸都快停止了，冲上去一看，陈绪死死闭着眼睛，脸色惨白，额头上布满冷汗。

我看见摔在地上的手机还在通话页面，里面一道熟悉的女声惊慌失措地叫着陈绪的名字。我一边扶着陈绪，一边简单地跟黎绡说了情况，然后把陈绪送往最近的医院。

陈绪做完急救被送回病房时，黎绡赶到，一身舒适的休闲装皱巴巴的，套着薄薄的外套，头发凌乱，明显是从家里匆忙赶来的。

我看着黎绡，熟悉而陌生的黎绡。突然忍不住心生悲哀，怎么我每一次的笃定，从不落空呢？

黎绡看着躺在病床上没有意识的陈绪，抖着手指去探他的鼻息，探到，而后又迅速抽回手。

她惊魂未定，我一脸冷静。

时隔数年，我们再次见面，竟然是这样的情景。

确定陈绪没事之后，黎绡渐渐镇定下来，恢复冷静之后转脸对我说："别跟陈绪说我来过，我先走了。"

我见她作势要走，便让她走，自己也跟着一起出了病房。

安静的医院走廊上，黎绡坐在塑料椅子上，垂着头，盯着自己脏兮兮的穿着拖鞋的脚出神。

我在她旁边坐下，黎绡抬头看了我一眼，没有反应，再次低头看自己的脚。过了一会儿，偏过脸，冷而轻地笑，然后说："你不是出来劝我再跟陈绪好的吧？"

我简洁地回答："不是。"

黎绡看着我，说："那你是出来干吗的？"

我吐了口浊气，继续简洁且淡然地说："透气。"

黎绡哑口无言，脸上的表情僵了一下，然后笑出来："你怎么还跟以前一模一样？"

我扬了扬嘴角："什么一模一样？"

黎绡撇撇嘴，吐出一个字："贫。"

我苦笑出来，用指节揉了揉太阳穴，无奈地说："谁跟你贫了？"

黎绡笑着，那笑脸一如既往的年轻纯净，如同一朵盛开在污浊之上的秀丽白花，只是那笑脸，又渐渐淡下来。

我看着她落寞的眼睛，问："不再试试？"

黎绡当然知道我在问什么，又乐了："还说你不是出来劝我再跟陈绪好的？"

我没说话，只是看着她。

黎绡终于笑不出来，沉着脸，无声地看了会儿对面白色的墙，开口说："你记不记得当时我和陈绪还没在一起的时候，我们三个曾经去看过一部叫《One day》的电影？"

我已经知道她想说什么，但还是点了点头。

黎绡表情、语气平静，音调毫无起伏地念出电影里那句最经典的台词：“I love you.Dexter.So much.I Just don’t like you any more.”

黎绡一直看着对面的墙，仿佛在自言自语般地轻声说道：“当时我看这部电影的时候，觉得女主角真矫情。明明还深爱着，为什么就是不肯再和Dexter在一起呢？自从陈绪走之后，我觉得我懂了。如果你现在问我，还爱不爱陈绪，我一定会回答你，我还爱他，真的，非常爱他。爱到如果有一天他病了，需要一个器官，我愿意给他。如果他要死，如果我能够替他，我愿意替他去死。可是，如果你现在问我，还愿不愿意和陈绪在一起，我告诉你，我不愿意，我不愿意再和陈绪在一起。”

黎绡顿了一下，继续说：“这是一种什么感觉呢，还爱他，但是已经不想跟他过了。当初喜欢他是真的，爱他也是真的。虽然我跟陈绪分开那么久，但是我知道，他还爱我，我当然也还爱他。你以为陈绪不知道吗？他其实也知道，我们是不可能再在一起的。感性上，我们都还爱着彼此，但理性上也知道，我们没法跟对方过下去了。”

我无声地听着，心里知道黎绡是对的，但是说不出赞同的话。

黎绡叹了口气，起身俯视着我：“近几年没联系也就算了，这次你自己送上门来，我结婚不管你来不来，礼可要给我送到。”

我也站起来，笑了笑，吐出俩字儿：“没门儿。”

黎绡狠狠拍了我一下，没再说话，抿着嘴笑了笑，转身走了。

这一次，我知道，她是真的要走了，走到新生活里去。

那天黎绡走了之后，我就进了病房，等陈绪醒来把黎绡的话原样复述了一遍。陈绪红了眼睛，但是没有说话。我在病房陪了他一夜，直到天亮，才通知他的父母。

陈绪这一次病得更重，他的父母气得厉害，发了大脾气。陈绪没说什么，接受两个老人家的骂，反复保证自己一定会照顾好自己的身体，不会再让老两口担心。

过了几天，陈绪出了院，打电话给我要我放心，他以后不会再去打扰黎绡的生活。

我苦笑了一下，实在忍不住跟他说，我又不是黎绡的未婚夫，你叫我放心干吗，你跟我保证有什么用。陈绪在电话那头笑出了声。

2015年的冬天，黎绡结婚。虽然我对于她选在冬天结婚这一近似自虐的行为极其不解，但还是准备了丰厚的红包去参加了她的婚礼。

新娘子当然是美的，看见我送给她的厚厚的红包，笑弯了眼睛。

新郎是个温厚英俊的男人，笑眯眯地看着我们站在酒店门口一来一往地贫嘴，只是笑，不说话。

陈绪也来了，一身西装十分正式，清瘦却也好看。他见我们斗嘴斗得开心，也加入进来。你一言我一语的，把黎绡逼急了，大好日子都忍不住想动手打我们了。这时候新郎才有动作，拉住黎绡，很温和地劝了几句。黎绡咬牙忍了，实在生不出气来，只好偏头“哼”了一声，放我们进去。我半推着陈绪往里走，因为看见他悄悄握紧的拳头。

我们坐在好友席上，等着婚礼开场。婚礼热场走完，黎绡披着洁白的头纱进来，挽着身边父亲的手，肤白若雪，眉目如画。

主持人问新郎，愿不愿意娶黎绡为妻。

我听见身边陈绪低低地说了一句：“我愿意。”

我侧脸看陈绪，他的眼里分明是有眼泪的，只是硬撑着，不让它落下。

我不记得什么时候见过陈绪哭，这好像是第一次。台上，新婚夫妇说完誓词，交换戒指，扔出代表祝福的捧花。

席间热闹喧嚣，陈绪看着我，轻声说：“我觉得我这一辈子，再快乐，也快乐不到哪儿去了。”

我鼻头一堵，酸楚得几乎快要落泪。

妾愿同君尘与灰，不愿烹茶尽余生。这是一种怎样的遗憾与悲哀！

18.
任性，让我们擦肩而过

门户网站的头条报道了杨七七和秦家公子的“豪门世纪婚礼”。我用手机浏览了一遍新闻，心里有几分感慨。不管怎么说，这孩子也算是灰姑娘逆袭了，有几分为她高兴。邻家女孩杨七七和我其实不熟，点头之交而已。没想到，她会在婚礼后来到我家。

“沈哥，我来是请你把一些东西转交给毕翔。”杨七七开门见山。

“毕翔？”我有些惊愕，“你认识他？”

杨七七凄然一笑：“岂止认识……拜托了。”杨七七放下一个纸箱，飘然而去，从此再无消息。我心中充满了疑惑，毕翔和杨七七有什么故事？但出于对朋友的尊重，我并没有打开纸箱一探究竟。

毕翔是我高中时的死党，已多年未见，那个混蛋是我朋友圈中最不靠谱的主，他爱好一切新鲜的事物，包括新鲜的女孩。他那个富一代的爹挣着这辈子他都花不完的钱，当我们这些人拼命在上班的时候，他却背着背包游览了世界各地最美的风景，赏玩着各地的风土人情。

杨七七是我们小区最乖巧的女孩，从幼儿园到大学一直都是学校里的佼佼者。在我的印象中，她一直都是形单影只，低着头，怀里抱着一摞厚厚的书籍。虽然她很漂亮，但几乎没有追求者和朋友。因为她身上与生俱来就有一种“生人勿近”的神圣感，让人望而却步。所以那些年，她在我们学校可算得上再平静不过的女子了。她有一头乌黑浓密的长发，但总用一条黑黑粗粗的皮筋将头发卷成一个大大的“丸子”。她有一双明亮的眼睛，但藏在了厚厚的镜片后面。身材较好的她，一年四季都在穿长袖衫和牛仔裤。假期她会消失，据她妈妈刘阿姨对我妈妈说，是看世界去了。

那些年的毕翔，在学校的影响力简直令人叹为观止。他不停闹出花边新闻，不停被平息，身边从来不缺辣妹子。众所周知，远离傻白甜是他的泡妞原则，他认为那样的女孩很麻烦。所以，再给我一倍的脑容量，我也无法想象毕翔和杨七七是怎么有交集的。

杨七七结婚后不久，刘阿姨就搬走了。临走前来我家告别，和我妈好一顿大哭。刘阿姨说，从此她就要去美国流浪了。我暗自好笑，流浪？不知道多少人羡慕呢！据我妈八卦，刘阿姨的老家是四川，当年还是她们区政府的一名职员，因为爱上一个有妇之夫，闹得沸沸扬扬被停职处理。之后，刘阿姨生下杨七七，因不忍杨七七被人指手画脚，便一个人带着杨七七背井离乡，一个人把七七养育成人。如今，因为女儿嫁了个好人家而过上了好生活，倒有种苦尽甘来的味道。

很久，我都没有毕翔的消息，慢慢就将这件事忘记了。直到上个礼拜，毕翔来到了我家。我又惊又喜，和他热烈拥抱。这哥们胡子拉渣，十足流浪汉的样子。

毕翔说：“老沈，我没有回家，直接来找你了。”

我又抱了他一下：“好兄弟，这么多年还记得哥哥我。”

毕翔：“你少臭美，我来拿杨七七的东西。”

我大叫：“妈，把这厮轰出去！”

我妈却说：“你们哥俩别胡闹了。小翔好几年没吃我做的菜，今天留下吃饭，阿姨给你上最拿手的。”

毕翔捧出送给我妈的礼物，流着口水：“阿姨，孩儿做梦都馋着您做的砂锅鱼头啊……”

于是乎，当夜我和毕翔喝得大醉。我们又像当年那样，在我房间里打了地铺，抵足而眠。

我拿出杨七七留下的那个纸箱：“你和这妞儿到底什么关系？”

毕翔没有说话，怔怔地看着纸箱，似乎想打开，又心有所怯。

我说："这可不像你啊，婆婆妈妈的。"

毕翔叹了口气："人会变的……她给我发微信，让来你这儿取东西。我经常对她说，你是我最好的朋友……"

我说："杨七七好像去美国了，你知道吧？"

毕翔摇摇头："不知道，她把我删了。"

我替毕翔打开了纸箱："你小子，报应啊。"

毕翔盯着纸箱里面，喃喃地说："谁说不是呢……"

纸箱里，枯萎的桔梗花上面放着一个日记本，一串贝壳项链，一个U盘。U盘下一张纸上字迹模糊，似乎是被泪滴浸湿：收到它，是在我婚礼的第二天……

毕翔捧着U盘放声大哭。

我不知所措："你小子抽风啦？"

毕翔："这是我寄给杨七七的，该死的快递……哥们儿，老子中招啦！"

我大惊："怎么了？你乱搞，有艾滋？"

毕翔甩了把眼泪："老子爱上杨七七了！"

我瞬间愣住。

毕翔捧起日记本，翻开，几滴泪水落在扉页上。他抱着日记本泣不成声，我恨不得踢他几脚。我正绞尽脑汁想安慰他，他却将日记本抛给我，倒地睡去。

我拿起纸箱里的东西看了看。毕翔一向放浪形骸，居然会爱上杨七七，不能不让我觉得意外。这个U盘里到底有什么，杨七七又为何如此伤心？如果她早点收到这个礼物，会改变决定吗？我不知道，也许她本人也未必知道。桔梗的花语是永恒而无望的爱。她将这一切封存时，内心大约也像这花，日渐枯萎了吧。

我翻开日记，扉页上的字和泪痕一起出现在我的眼前：

像遗落在墓地里的种子，
生命荒芜而空洞；
唯有土地，
终将守护着我，
就这样，无声无息；
像一块没有后代的墓地，
在幽深的孤独中，
旅行者唯一关心和探究的，
只是墓碑的秘密；
残酷的碑文刻着一生悔恨，
雨打风吹去；
你是一个盗墓者，
掘开尘世。

种子像墓志铭一样生长：
破土而立！

——致傻大个儿毕翔

日记里记载着很多他们的故事。杨七七和毕翔于旅途相识相爱，一起在原野里打过滚，那是一张很大的床。他们畅游运河，那是一个很大的浴缸。他们有时在沙漠里睡去，有时在丛林中醒来。他们浪迹天涯，背着鼓鼓的背包，踏着宽阔或狭窄的路。旅行是忘记凡尘俗世的好办法，但谁也不是天使，终究要落到泥土中来。

他想一生在路上，她只是偶尔能够这样。

“我们不可能一生都在路上，我们还有自己的责任。回去吧，像常人一样，我们结婚生子，然后……”杨七七试探性地微笑着对毕翔说。

“打住。杨七七，你怎么会有这种恐怖的提议？”他惊讶地打断杨七七的话。

杨七七默然。

毕翔：“我们不能被这些常规的生活方式绑住了脚，每一个生命都应该有自由选择的权利。我讨厌责任，所谓责任只是枷锁而已。在旅途中，你会发现自己是一个有爱、有梦想、有兴趣爱好的人，风景中映射出的那个你，绝不是日常生活中你能看到的……亲爱的，你必须得勇敢一些……”

“好了，别说了。你说的这些，好似都在给我标上一个注脚，我只是个常人……”杨七七有些生气。在日记里她回忆说她当时生气是生自己的气，是生自己逃脱不掉命运的气。

“如果我说这些，让你感到不愉快了……我道歉。”毕翔有些淡然地说。

杨七七说：“不用。”

他们沉默了很久。

杨七七开口问毕翔：“你有没有想过旅行的意义？”

毕翔笑笑：“有什么意义，我才懒得去想，走到不想走了再说。”

杨七七知道，毕翔的爱在大好河山，而她的爱在毕翔。她知道自己旅行的意义，那就是追随毕翔，仅此而已。

但是，她知道自己和毕翔不是一路人，终将只是彼此的过客。杨七七知道她有自己的宿命，她不能自私地抛下刘阿姨，痛苦而无比现实。

杨七七没有强迫毕翔跟她回来，毕翔也没有要求杨七七跟她继续一起走。其实杨七七是希望毕翔替她做决定。只要毕翔坚持要她继续陪他走完所有的旅程，直到毕翔累了，和她牵手返程，又或者一直在路上，走到地老天荒。但毕翔什么也没说，这让杨七七很伤心。

杨七七回到常州，听从刘阿姨的安排，继续考研。毕翔一直在路上，他去了非洲中部的卡尔纳塞，给她寄来山谷里的尖峰石林的明信片，并对她讲述旅途中驴友之间发生的趣事。他还去了旧金山的金门，走了最漂亮的悬索桥，并寄了照片给她，他走在悬吊桥上向镜头方向张开双臂微笑，像是要走向杨七七。杨七七请了街头摆摊画画的艺人，扩大好多倍将其画了出来，挂在自己的房间，每天对着他诉说心事和秘密。

在毕翔的照片下，杨七七把他们的故事和她对毕翔的思念写在日记里。

一天，杨七七从外面回来，一开门就看见沙发上坐了个男人。其实杨七七知道，这些年母亲从未断过和这个男人的联系，但是她也没想到自己生理学意义上的父亲会到家里来，心里五味杂陈。男人欣喜地站起来想说话，杨七七却只是瞥了他一眼就走进自己的房间，无力地靠在门上，泪流满面。

外面隐约传来母亲掩饰的声音："老杨，你看，这些都是她拿的奖状……你看，这是她的奖杯……"

老杨断断续续："我这次贸然过来，是有很重要的事和你商量……你也知道，现在我公司情况很糟糕，我想让你和七七帮帮我……”

刘阿姨不安地说：“这种事，我们能帮什么……”

老杨好像下了决心，说话利索多了：“我想和秦氏合作，为了更稳固两家的关系，联姻是最好不过的。我就只有杨七七这么一个女儿。”

刘阿姨沉默，不一会儿开始啜泣：“这些年你都不来看一眼，现在怎么想起自己有个女儿了……”

老杨提高了声音：“是，我是不敢来看她，但她生活、上学，哪一块钱不是我给的？我对她的爱，并不比对她哥哥的少！”

刘阿姨抽噎着：“钱就能弥补一切吗？”

老杨缓和下来：“淑华，我知道对不起你们。但你也不忍心看我一败涂地吧？再说了，秦氏实力雄厚，他家孩子也不错，对杨七七也是个很好的归宿……”

刘阿姨不停地哭。

杨七七靠在门后听着，冷笑着。

几天后，杨七七收拾行李，决定逃向毕翔。这时候，刘阿姨推门进了她的房间，对杨七七说：“孩子，我知道你有自己的梦想，但我绝不可能让你离开我。这些年来，我们相依为命，你就是我的命根子。不管怎样，他也是你的父亲，不会害你。你的终身大事他肯定是要经过考量的，所以我帮你看了，秦家那孩子无论是哪方面条件都很优秀，改天叫你爸爸安排你们见个面……”

“我不觉得我有爸爸，我也不要对任何事妥协。我帮你完成了很多你的梦想，我现在想为自己活一次，可以吗？”杨七七对母亲大吼。

刘阿姨哭着对杨七七说：“七七，我老了，你是我唯一的希望，就算你不和秦家那孩子发展，我也希望在我能看得见的日子里，你能够结婚生子，我这辈子就没有做过一天的新娘，更没有得到过任何名分，就算是帮我完成最后一个愿望也好，我想看你穿着婚纱出嫁。”

刘阿姨哀求着杨七七，母女二人哭了很久。

杨七七给毕翔发邮件：你回来娶我吧!

第二天……

第三天……

她没有收到回复，但她每天都继续重复发着这封邮件。

直到第二十一天的时候，毕翔回复说：“好啊。如果真的要娶你，我也希望见证者是下一站的美景，哈哈哈，傻妞，快来，我在西西里。”

后来毕翔告诉我，在回复这封邮件的时候，他不知道这寥寥数语会将杨七七推向绝望。只可惜，家里发生的一切，杨七七从未向毕翔提及。

后来的日子里，杨七七就不怎么把发生的故事一一记载了。不过大概发展就是，她接受了母亲的请求，见面、订婚、选婚纱照……做所有事她都应允着，然后在婚礼的第二天，她收到了毕翔一个月前就寄出的快递。那里面，是一串贝壳项链和一个U盘。

她的最后一篇日记，只有几个字：充满悲伤的婚礼。

我掩卷长叹，将U盘插进电脑。原来，毕翔在收到杨七七的“求婚”后，精心做了一个特别版的求婚MV。

MV的开始，每一个场景都是毕翔抓拍的杨七七最美的侧影、背影，还有她光着脚在沙滩上奔跑、欢笑的情景。这是我第一次看到杨七七的笑容，那么干净，那么美好。求婚部分是在每一个毕翔去过但杨七七缺席的地方，毕翔都在最美的景点找当地最有特色的求婚方式让村民们帮着向杨七七求婚的画面。

MV中，毕翔对杨七七有一段告白：

傻七七，那次你问我旅行的意义是什么，当时我不知道。直到你走后我才发现，我旅行的意义就是为了与你相遇！没有你的陪伴，美景也黯然失色。

我们之前所经历的一切，都只是为了在某个神圣的时刻能够将对方拥入怀中！对你，我只有一件事要说，我爱你。就这一件事，我以后都不会对任何人说，在这个杂乱喧嚣的世界里，只有你让我有过这样深刻的感受，嫁给我吧！

画面定格在毕翔亲吻镜头的嘴唇。

“很傻吧？”不知道什么时候，毕翔爬了起来。

“有点肉麻”，我说，“不过很用心”。

毕翔说：“这是我的初恋。”

我笑了：“第一百零一次初恋。”

毕翔：“爱信不信，上床和爱情是两回事。”

“这话我信。”我说。

毕翔告诉我，杨七七走后，他继续旅行。但无论在哪里，脑海中都会出现杨七七的身影，挥之不去。他知道自己爱上杨七七了。收到杨七七的“求婚”信息之后，他决定停下自己的脚步，为杨七七过他以前所不屑的生活。毕翔决定给杨七七一个惊喜，奔走各处，拍摄求婚视频，而命运跟他们开了一个玩笑，杨七七收到求婚视频，是在她婚礼的第二天。

我不禁一阵唏嘘。

天明，毕翔背着他的背包，再次出发了。

我问：“你小子要去哪儿？”

毕翔说：“回家，睡觉。”

“然后呢？”

“也许腐烂发霉吧。”

毕翔将纸箱里的东西留给了我：“老沈，你不是喜欢写吗？多好的素材。”

每个人都以为自己的爱情是最好的，值得纪念。我将他们的故事记录下来，却不知结局如何。

杨七七在日记中说，相爱是一种力量，这种力量不惧烈焰狂风，不会被洪水淹没。

但有一种力量比它更强大，那就是——错过。

19.
世上没有所谓的玩笑

陆亓离婚了。知道这个消息的时候，我正和安安坐在大排档四处漏风的塑料棚子里吃着麻辣火锅。我当时一杯啤酒喝到一半，听到这个消息，猝不及防之下被嘴里还没咽完的啤酒呛了个死去活来。安安看着身边都快咳出血的我，很轻地叹了口气，表情无奈地放下筷子站起来帮我拍背顺气。

好不容易把气喘匀，我抬起头劈头盖脸就是一句："他来找你了？"

安安苦笑了一下，点头。

我放下酒杯，看着重新拿起筷子的安安，严肃地问："他找你干吗？浪子回头要跟你来一场永不分手的恋爱？"

安安从锅里捞起一片沾满辣椒油的土豆塞进嘴里，含糊不清地回答：“他找我借钱。”

一阵凉意突地蹿上脊梁骨，我打了个冷颤，赶紧夹了一筷子肉塞进嘴里好让自己冷静一下。

我嚼着肉，侧着脸，问：“你答应他了？”

安安抬起头，看着我，再度点头，淡淡地说：“已经给他了。”

我哑口无言，看着一脸平静的安安，心里顿时涌起一股名叫恨铁不成钢的愤怒，因事不关己，只能强自压抑：“给了多少？”

安安说出一个数字。

我猛地瞪大眼睛，看着安安：“你哪来那么多钱？”

安安垂下眼，长睫如羽，沉默了一会儿，轻声说：“以前的积蓄，还有我父母给我买房的首付。”

我伸手揉了揉自己僵住的脸，欲骂的怒火在安安略带潮湿的眼睛里渐渐熄灭，残留的火星烫在心壁上，溅出一片尘埃落定的痛。

无言以对，直至声沙。

我没再看安安，很轻很轻地说话，声音沙哑得像有人往我喉咙里塞了一把滚烫的沙：“你疯了？安安，你知不知道自己在做什么……”

安安浅浅地笑了一下，虽然我没看到，但不知为何我就是奇异地感觉到了，她仿佛认命般地说：“是啊，我疯了，遇上他，我就没再正常过。”

听到这句话，我心里绷紧的弦突然铮的一响，绷到极点，瞬间断裂。

我的声音陡然激烈起来：“你明明知道他不喜欢你，也不会娶你，你为什么就是不肯清醒一点！同样的事情要发生多少次才足够你吸取教训？你现在就算把自己赔进去又怎样！等下一个叶蓁蓁出现，你又会是那个被忘记的钟无艳，你知道吗?”

安安看着我，半晌，突然微微一笑：“原来在你的心里，我是那个丑女无盐啊。”

我看着安安，想说什么，却被她打断。

“南国有佳人，仙姿蓬莱岛。龙绡照明珰，凤钗横贵宝。新妆试鸯镜，皎皎颜色好。芳龄倏已笄，君子可偕老。奈何行媒弱，修言弃中道。洞房暗帟帐，琦璜结组缟。宁作钟离春，勿学姑瑶草。”安安慢慢地念完，笑着说道，“邓林的诗，南国有佳人，你听过吗？”

安安学中文的优势在此刻体现得淋漓尽致，作为一个艺术系出身的文艺青年，我只听懂了最后一句——宁作钟离春，勿学姑瑶草。

短短十字，我知道了安安的决定。

安安是铁了心要帮陆亓，哪怕她知道最后的结局可能还不如钟无艳。

至少那个勇往直前才华横溢的无盐女，在历史上是有好结局的，她如愿嫁给了齐宣王。钟无艳在历史上是否受宠我不得而知，但至少钟无艳是嫁给了齐宣王的，而安安，她和陆亓没有任何可能。

安安，那样无望地爱着陆亓。世界上没有所谓的玩笑，所有的玩笑都有认真的成分。多少真心话在玩笑中说出口，只是不想懂的人永远不会懂。

在爱着陆亓的十年时间里，安安曾经无数次用玩笑的方式，或认真或假意向陆亓表白。陆亓总是玩笑着带过话题，不接受也不拒绝，十年如一日。无论是谁问起，他都只说，安安是朋友，好朋友，是不能失去的人。是朋友，只是好朋友，不是爱人，不是情人，不是喜欢的人。

陆亓不爱安安，他只是爱着从安安甘当备胎的爱恋中得到的好处。

他把安安的感情磨成一把高悬的刀垂在她头顶，不知道什么时候会落下，在刀确实落下之前，又给她以幻想。

过了几天，我从别的朋友那里知道了陆亓离婚事件的完整版本。

陆亓和叶蓁蓁结婚后不久，叶蓁蓁就因为无法忍受在金钱方面束手束脚的婚姻生活，出了轨。陆亓毫无察觉，等他反应过来，叶蓁蓁已经挽着新欢的手，浑身珠光宝气地卷走了他所有财产，只会写程序的陆亓一无所有地回了常州。

这种情况下，陆亓当然不可能去找他的父母。毫无疑问，他最后去找了安安，他好像也只能去找安安。当初他爱上叶蓁蓁，爱到众叛亲离，义无反顾地追着艳若桃李的叶蓁蓁去了上海，自此被所有常州的朋友拉进黑名单，就此失去联系，包括我。

曾经是他最好兄弟的我，最后都是从别人的嘴里知道他的事的。

陆亓用从叶蓁蓁那里借来的钱开了一家工作室，招揽了几个初出茅庐的大学生，一门心思地弄软件开发。那家工作室开在市郊，某一天休假，我和几个朋友跟陆亓打过招呼，去工作室看他。

在工作室里，我见到安安。她穿着一身简单的毛衣加牛仔裤，站在凌乱的男人堆里，笑眯眯地看着我们来，眉目安定，温柔清澈。

陆亓站在她旁边，一脸络腮胡子，英俊的眉目上满是疲惫的灰霜，乌黑的眼睛下面，挂着两个同色系的黑眼圈。那场景，远远望去就像真人版的美女与野兽。

我们几个人参观了一下陆亓的工作室，说是参观，其实也没什么好看的，不过是一个大开间，挤满对着电脑奋战的程序员，少有的几处宽敞地方，歇着几个四仰八叉的男人。

安安看着表情微妙的我，笑了笑。那笑容里有淡淡的苦涩和恳求，我没再说话，和几个朋友商量好，拉着陆亓出去吃饭。陆亓开始还有些犹豫，但架不住老朋友的劝说，就拿了衣服，跟我们一起开车去了市中心。

时至傍晚，我们找了一家以前经常去吃的大排档，叫了热腾腾的碳烤鱼，二话不说，开吃。陆亓本来还有点拘束，酒过三巡，发现一切如故，面前还是那些朋友，身边还是那个安安。他渐渐放松，和我们说笑。安安在旁边看见，含着淡淡忧虑的眼睛，渐渐生出无比柔和的笑意。

我顿觉悲哀。

这顿饭我们吃了将近四个小时，结账的时候，陆亓掏出钱包想付钱，被我一把按下来。我说："你回来那么久了，哥几个没给你接风洗尘，今天这顿我请了，你可别跟我争。"几个朋友乐呵呵地应着，陆亓也就没再说什么。

回去的时候，安安另外叫了几份鱼，说要打包回去带给工作室里的大学生们当夜宵。我一起把钱付掉，对安安说："一定得跟那些毛孩子说，这顿夜宵是我请的，下次我再去工作室玩，可得好好叫我一声哥。"

安安笑了，清秀的脸庞上开出一朵寂静而鲜活的花："那群大学生有奶就是娘，你请他们吃一顿，别说叫你哥了，就是叫你爷爷他们也愿意啊。"

我乐了："那感情好，白得群孙子。"

陆亓穿着黑色的皮外套，一双手插在口袋里，站在路边微笑着看着我和安安拎着外卖袋出来，过来搭手，只是笑，没有说话。

安安当然是要跟陆亓回工作室的，我送走几个朋友，帮着他们一起把外卖拎到车上放好。

安安坐在副驾上，跟我挥手告别，陆亓一只手把着方向盘，冲我笑着说："谢了兄弟，下次请你吃饭。"

我笑着应承下来，站在原地目送他们开车离去。

回程的途中，安安给我发了一条微信，上面只有两个字：谢谢。

前几天，安安忧心忡忡地来找我，她说陆亓虽然人回来了，意志却很消沉，失眠得越来越厉害。林林总总说了很多，满目愁色，只表达了一个中心思想：让我去劝劝他。

男人的沟通系统里没有"劝劝"这个选项，指望我像个邻家知心哥哥一样去跟陆亓谈心显然是不可能的，我们虽然曾经是很好的朋友，但经历过几年毫无联系的空白期后，我自问现在对他的了解不及安安一半。

我表达善意的方式很直接，陆亓也很直接地感受到了我的善意。

我之所以这样肯定陆亓感受到了我的善意，是因为在这次聚会后的几个星期，陆亓主动联系我，要请我吃饭，我当然去了。

我跟他约在大学路前面的酒吧，去的时候下了雨，我进酒吧的时候，淋湿了外套，冷得直打哆嗦。陆亓来得比我早，他剃了胡子，穿着干净而整洁的衣服，整个酒吧的年轻女孩子都在偷瞄他。

看见我进来，他站起来冲我招手。我笑了笑，走向陆亓。酒吧不大，三步两步就到了头，我走到他对面，一屁股坐了下来。他递给我一杯酒，我接过来，一饮而尽。酒精和空调让我稍觉温暖，青白的脸也渐渐有了血色。

陆亓笑着看我，说："我来的时候还没下雨呢，怎么这一下就下了那么大的雨？"

我苦笑了一下，摇了摇头，没有说话。

那个酒吧有一支驻唱乐队，穿着白色衬衫的年轻主唱站在昏黄的灯光下，用清澈而温柔的嗓音，轻声唱着披头士乐队的《Hey,Jude》。

我一边喝酒，一边侧着脸看。

陆亓也在看着那个主唱，一脸若有所思的表情，半晌，转过头说："你还记不记得我们当初读大学的时候也在这里唱过歌？"

我点了点头："记得。"

他脸上泛起愉悦的微笑，我回过头，看他一眼，用陈述事实的语调淡淡地说："安安第一次跟你表白，好像就在这里。"

陆亓愣了愣，看着我。我重新看着那个眼角眉梢都是笑的主唱，不用特别回忆，都能马上想起当天的情景。那天是我们组织的乐队第一次在酒吧驻唱，很多朋友都特地抽出时间过来捧场，安安也来了。疯闹了一晚上，该散的人散去，乐队的几个人留下来收拾残局，安安当然还在。

那个时候她还不那么成熟，以朋友之名延续的漫长暗恋后，假装不经意地问陆亓有没有女朋友。我们几个人默默地看了眼对方，对这种场景已经熟悉得很，在不经意间默默地拉开和他们的距离。陆亓笑吟吟地说没有。

安安当时还有一往无前的勇气，站在陆亓面前，笑眯眯地说：“你没有女朋友的话，能不能考虑一下我？”

陆亓稍微愣了一下。

那个表情，不是惊喜，也不是愉悦。

安安立刻看出不对，后退几步，叉着腰哈哈笑了几声，说：“我开玩笑的啦！你不会当真了吧？”

陆亓缓过神来，有点尴尬地笑：“没有。”

在场的几个人都很尴尬，安安从来都是一个敏感的人，察觉到气氛不对，连忙乐呵呵地调笑几句。

我心中不忍，极力配合。

气氛这才重新活跃起来，几个人笑笑闹闹地把乱糟糟的酒吧打扫干净，和安安同班的我，送安安回宿舍。

安安在陆亓走了之后，才渐渐显露出悲伤来。她一路走，一路默默流泪，我跟在她后面。我从来不知道一个人身体里是能流出那么多眼泪的，安安没有发出任何呜咽，只是流泪。我甚至没有看见她的泪水，却从她的身体语言看出来她在哭，悲怆至极却悄无声息地哭。

安安那么聪明，从那个时候开始就已经知道。她的真心话，在玩笑中说出口，陆亓是那个不想懂的人，所以，他永远都不会懂。

同一个酒吧，多年以后，陆亓坐在我面前，神情错愕，表情惊讶，眼睛里却没有丝毫愧疚。他有点尴尬地笑起来："她当时是在开玩笑吧？"

我没再说话，无声地举起手里的酒杯和陆亓碰杯，把杯中琥珀色的酒液仰头倒进嘴里，用力咽下去，仿佛在吞一把锋利的刀。

安安，你爱了那么多年的人，还是不想懂你的玩笑，你要怎么办？我翻过安安的话题，和陆亓谈他的工作室，他在异乡的生活，他和叶蓁蓁的婚姻。不再谈起安安，陆亓明显轻松了很多，他一边喝酒，一边跟我说话，眼角眉梢满是自嘲自讽。

我不怎么说话，只是陪着他喝酒，听他说话。喝到最后，陆亓醉得一塌糊涂。我正头疼着怎么把他弄回郊区的工作室时，他的手机响了，是安安。我接起电话，跟安安说了地址。安安很快赶到，看见还在台上的乐队，稍微愣了一下，但也只是稍微愣了一下。

她快步走到陆亓身边，检查了一下他的身体情况，确定没事之后，看向我，表情无奈："工作室的事情很顺利，陆亓心情不错，跟我说要请你吃饭，怎么来这里喝上了？"

我已经半醉，坐在柔软的沙发上不想起来，茫然地点了点头。

安安叹了口气，打电话叫代驾，送我回家。代驾来的时候，我保持着最后一点清醒，问安安："陆亓呢，你要把他送工作室？"

安安低头看了一眼陆亓熟睡的侧脸："我带他回我家。"

我心里一凛："安安，你……"

她看向我，平静而温柔地笑了笑："放心，我不会做傻事的，钟无艳怎么会做出那么不体面的事情呢？"

我被代驾小哥扶起来，出了酒吧，一坐进车里，我的视线就彻底散了。一会儿看见安安在台下对着台上的陆亓笑，年轻的脸像一片饱满的花瓣，一会儿看见安安哭泣的背影在昏暗的路灯下拉长，一会儿看见陆亓尴尬的笑容缓慢旋转。我觉得这两个人快把我整发疯了。

一醉之后，我就刻意不再去关注他们之间的事。我跟自己说无论他们最后怎么样，那都是安安的选择。

她早有准备，我何必管得太多。

时间过去大半年之后，到了2015年的夏天，我收到编辑发的稿费，正想叫几个朋友出去玩，却接到安安的电话。

她很平静地说："陆亓的工作室被北京一家公司看上，他这几天已经搬完工作室，明天就要走。"

我愣住，安安在电话那边继续说："你要不要跟我一起去送他？"

我不用问安安是否跟陆亓走，因为我知道她不会。她生在常州长在常州，父母家人都在常州，又是独生女，如何能够不顾一切地远游？即使安安能不顾一切跟着陆亓去北京，陆亓会让她去吗？他想让她去吗？他还不肯懂安安的玩笑，怎么能负担起安安的追随？

我说："我去。"

次日，我开车接了安安，一起去奔牛机场送陆亓。工作室的大学生们拉着行李，嘻嘻哈哈地叫我哥，我看着他们青春勃发的面容，某一个瞬间真的快笑出来。

安安跟陆亓站在一起，表情平静而温和，帮他清点要带到北京的文件和行李。两个人站在大大的落地窗前，天光明亮，离愁蔓延。

要走的时候，陆亓回头看一眼安安，表情犹豫。

安安笑了笑，上前展开双臂，带着戏谑的语气对陆亓说："抱一个？"

陆亓依言抱了她一下。安安把脸埋在陆亓的颈窝里，长久无言，过了一会儿，把脸抬起来，笑着说：“要不我跟着你一起去北京？”

陆亓的眼神闪了闪。

安安后退一步，摇头笑道：“开玩笑的，你是想在机场把自己的航班给错过了吗？还不快走？”

陆亓跟我抱了一下，转身进了安检口。

安安流了满脸的泪，陆亓没有回头，所以还是没有看见。我知道但凡陆亓露出一点肯定的意思，安安还是会义无反顾地跟着陆亓去北京的，但是他没有。

陆亓还是不想懂她的玩笑，虽然他分明知道，安安不是在开玩笑。

世界上没有所谓的玩笑，所有的玩笑都有认真的成分。多少真心话在玩笑中说出口，只是不想懂的人，怎么都不会懂。

陆亓永远不会懂，因为他不想懂，又或许他只是不想说而已。

20.
遇上你，她花光了所有运气

老白打电话给我的时候，我正在城西的旧货市场淘货。电话里，他火急火燎地报了一串地址让我赶紧过去。我一听，是城东一高级餐厅的地址，不由愣住。这小子自己邀我来北京旅游，不会是没带够钱被扣住了吧？

我这边还没开口说什么，那边就“啪”的一声挂了电话。我盯着一片漆黑的手机屏幕，有点担心，沉思一会儿，回过头对络腮胡老板痛心疾首地说道：“哥们儿，我跟你说，你这台灯我最多出五百，再多不行。”

老板在浓密的胡子下扬起一个笑，把放在柜子上的台灯捧在手里，幽幽地说道：“一千。”

我沉思两秒：“八百。”

老板把台灯放回原处，笑眯眯地回过头："一千。"

我："八百……"

十分钟后，我抱着包装好的台灯，肉疼地坐上了开往城东的地铁。到那家餐厅楼下的时候，老白站在门口等我，搓着手，满脸喜色，远远望去仿佛是苦等寒窑十八年的王宝钏终于看见了活生生的薛平贵。

我打了个寒颤。老白看见我来，维持着搓手的动作，热情似火地迎上来。我两手抱着装着台灯的木箱，面如死灰地接受了他带着淡淡汗味的拥抱。他松开我，脸上的表情满是真诚的喜悦："你终于来了，我还以为你死在北京的地铁里了呢。"

我立刻振作精神，开口说道："哪能呢，儿子都好好地活在这儿，我一个养家糊口的爹哪敢先挂。"

老白走到我身边，大手往我肩上一拍，夹着我往餐厅走："别贫了，我今天让你来这儿，是让你见你嫂子来的。"

我轻飘飘地"哦"了一声，等进了餐厅，猛然反应过来："嫂子？"

老白揉揉耳朵，对我突然拔高仿佛见鬼般的语调十分不满："你是觉得你白哥我这辈子都找不到媳妇儿还是咋的？"

我呵呵一笑，心想就您这尊容，就您这生活习惯，谁信你这辈子能找到媳妇啊！

老白明显从我这一声“呵呵”里解读出了许多信息，他眯了眯眼，阴森森地说道：“待会儿见到我媳妇，把皮给我绷紧了，你白哥好不容易找到的媳妇要是掰了，我就……”

我气定神闲地向老白挑衅：“你就咋的？你能咋的？”

老白凉凉地看了眼我手里的木箱，我顺着他的视线低下头，三秒钟后：“白哥，在下错了。”

我们互相贫着嘴，走进装修华丽的餐厅。我打量着餐厅的装饰，心想这家伙可真是下了血本了，在这儿吃一顿，估摸着都能抵上我五个台灯了吧。

老白紧走几步，走到一个绿植掩映的座位，牵起一个身着白裙的女孩，两个人并肩站着，一脸严肃地介绍我们认识：“苏沁，这是我最好的兄弟——沈。沈，这是我女朋友——苏沁。老兄，我跟你说，苏沁跟你一样也是常州人。你看，我在常州读了四年大学，没有遇见过苏沁，现在居然在北京遇到了，你说这是不是缘分！”

苏沁？居然是她！苏沁在看见我的瞬间就白了脸，我只当作没看见。

老白乐呵呵地对着我炫耀着自己女友的高学历，911高校，出过国，留过学，有博士学位，刚回国还没来得及找工作，但已经有几个很好的公司向她抛出了橄榄枝，只是目前苏沁还在考虑中。和老白贫了几句嘴，总算落席。席间，老白始终细心妥帖地照料着苏沁，而苏沁却只是一味地垂着头，如坐针毡。

我始终都在笑着，只是难免有些食不知味。老白从来都是一个迟钝的人，我为这个曾经嫌弃过他不知道多少次，此时此刻，在这样的情景里，我竟然有点庆幸他的迟钝。

这一顿晚饭吃了两个小时，表面上看起来宾主尽欢，至少老白这么认为。他牵着苏沁的手送我离开时，我透过出租车的玻璃看他们的脸。一个眼角眉梢都在发光，一个表情沉郁，眼神躲闪。

我收回视线，在启动的出租车里揉了揉刺痛的太阳穴。

苏沁是我的高中同学，一个至今让我不知道该怎么形容的人。从高一开始，苏沁就是整个学校的大众情人。她很美，在那个女生还不知道该怎样展现自己美的时候，她就已经像一朵花一样盛放在了所有男生的视线里。也许是因为外表的过分美丽，相对而言，苏沁在学业上的表现就不那么尽如人意了。她不是一个足够乖巧的学生，逃课、打架、抽烟、喝酒，在即将高考的时候被学校强制劝退，从此失去踪迹。

这样一个可以算得上是劣迹斑斑的女孩子，怎么会是老白口中历史光辉的高材生呢？我死死地攥着木箱的两个角，内心涌起阵阵灼热的悲哀。

为什么是老白呢？为什么偏偏是老白呢？

我用力地攥着木箱的角，任凭角上的倒刺扎进掌心，带来一阵阵火烧火燎的疼痛。

每一个人都有资格选择自己人生的路途，我当然知道，对于苏沁选择的路，我不敢苟同，也说不上反感。可当苏沁牵扯上老白，我实在没有办法毫无偏见地评价她。

人就是这样，当这件事跟你毫无关系的时候，不论多不堪都可以视而不见。可但凡这件事牵扯到你的亲人、你的朋友，一点污浊都能放大到极限反复斟酌，更何况苏沁身上承载的又何止是一点污浊？

我不知道该不该告诉老白苏沁撒的谎，我只知道，在餐厅里看着笑得那样开心的老白，我不忍心，真的不忍心。

我和老白是大学室友，我很了解他，这个脑子一根筋的东北汉子要不是认定了这个人，是不会把她牵到我面前来的。我不知道苏沁有没有告诉老白她的过去，从席间老白的言辞里，我的感觉是苏沁一定什么都没有说。

我不在乎苏沁是不是真的爱着老白，但我害怕老白会因为苏沁的不坦诚受到伤害。她比高中的时候更加美艳，妆容却清淡雅致，一身白裙映着翠色绿植，仿佛黑夜池塘里一朵秀静的水莲花。

老白看见了她的美丽，被她的纯净与笑容吸引，丝毫不知道她的欺骗。而知道一切的我，不知道应不应该把事实告诉老白，让他从自己沉迷的梦境里醒过来。

他在苏沁刻意营造的桃花源里，熏然不知归路。

我在桃花源外清晰地知道，无论我是现在打破梦境也好，等他自己意识到身在梦境也罢，老白都是逃不过这一劫了。

苏沁是老白的劫数，毫无疑问。

回到酒店，我在沙发上坐着发了会儿呆，起身把裹在木箱里的台灯取出来连上电源，拉亮。那是上世纪末的一款老旧台灯，实木灯架，暗绿色的玻璃灯罩，中间垂着轻微磨损的灯线。昏黄色的灯光照亮我的脸，我抚摸着台灯的灯罩，感受着它轻微的热度，心里想着老白和苏沁。

一夜无眠。次日，我接到一个来自陌生号码的电话。接电话之前我就有了某种预感，所以接起电话后，我对于听到那熟悉的声音毫不惊讶。我们约了见面，可是真正见面的时候，却又枯坐着相对无言。

苏沁叫了一杯纯酒，一饮而尽之后，才仿佛鼓尽所有勇气对我说：“沈，你能不能，不要告诉老白我的事？”

我冷冷地看着她，没有说话。

她忍了又忍，泪凝于睫，半晌，才说：“我已经玩够了，想找一个人安定下来，我也没想到……”

我没来由地涌起一股怒气：“你也没想到你找的人居然是我的朋友是吧？你什么意思？玩够了找个老实人安定下来？我们这些老实人是招你还是惹你了？”

我从来都是一个温和的人，尤其是对女性，此刻猛然发起火来明显把苏沁吓住了。

苏沁巴掌大的小脸惨白。她坐在原地，咬着嘴唇说道：“我知道你不会说的，你要是真想说的话，昨天见到老白的时候你就说了。我来见你这一面，是为了确认你以后也不会跟老白说。”

我发过火，渐渐地冷静下来看着她：“我知道老白很喜欢你，今天可以跟你承诺我不会告诉老白。可是你能保证老白一辈子都不知道你撒的谎吗？他总有一天会知道的！”

苏沁激动地站了起来，声音尖锐到变了调：“只要你不说，他就不会知道！他可以永远都不知道！”

我看着因为过分激动而表情扭曲的苏沁，她并没有意识到自己在无意识的情况下，流了满脸的泪。我突然意识到，苏沁并不只是营造一个桃花源让老白不知归路而已，她自己也身在其中。

虚妄的自信燃烧着对幸福的渴望。那个桃花源的梦境，永恒地点燃着虚幻的幸福，苏沁以想要安定的心为借口，欺骗了向往美好爱情的老白。我的愤怒一点一点消失，只余下深深的悲哀。

一个人的过去，不应该成为否定这个人的借口，道理我都懂，可是建立在欺骗上的感情，本来就是沙上之城。这座沙城一推即倒，甚至有时候都不需要推，一秒雨一瞬风，就能把这千辛万苦堆积出来的美好摧毁。

我不知道该怎么面对这极其戏剧的场面。一个人毫无所觉，一个人蓄意欺骗，还有一个人明明知道一切却选择了沉默。如果将来有一天老白知道了一切，他会有怎样的痛苦？

有一种欺骗是颠倒黑白，有一种欺骗是看见所有真相，却不去做那只揭开真相的手。同样都是伤害，我只能假装相信，老白能在这虚幻的幸福中生活得久一点，再久一点。因为我真的说不出口，也不能说出口。

我只能对苏沁说："我不能也不会对老白说你的事，我希望你找到合适的机会，自己跟他解释。"

她眼角发红，颤抖着手，喝了一杯水。

我终于忍不住，起身出了包厢，走出了我们见面的酒吧。回去的路上，一路沉重。到家下车的时候，才发现就在这一小段车程里，北京下了一阵小雨。我推开车门，竟然冷得打了个寒颤。

打那之后，我回了常州，很少再联系老白。不知道是逃避还是自欺欺人，或者两者都有，我越来越少地关注他们的动态，只是偶尔会在朋友圈里看见他们的痕迹。看上去，很幸福。

我在某种难以遣词形容的负疚感中，渐渐地退出了老白和苏沁的生活。直到某一天，我接到老白的电话，他告诉我，他要和苏沁求婚了，他希望我能够在场。

我在电话这头无言良久，答应了他的要求，再次去了北京。他啰啰嗦嗦地念叨着我的工作忙，说我不讲义气，说我钻进钱眼里，只知道赚钱不要兄弟了。我苦笑地听着，没有说话。

老白的求婚典礼设在一家乐队驻唱的酒吧，他邀请了很多好朋友扮成光顾酒吧的客人，在毫无所知的苏沁进入酒吧后，上台唱了一首歌：You are my sunshine。

作为一个实打实的糙汉子，老白当然不是个会唱歌的人，事实上，他人生中最恐惧的两件事情此刻都在实时上演：唱歌，英语。

我站在台下的阴影里，替老白捧着花和戒指，看着老白握着麦克的手青筋暴起，连嘴唇都紧张得哆嗦。他的歌声我实在不敢恭维，但效果明显不错。苏沁穿着白色的连衣裙，披着瀑布般的黑色长发，捂着嘴，站在酒吧中央哭成泪人。

求婚的程序大概都类似，苏沁红着眼眶毫无疑问地说了“Yes”，接着就是整个酒吧的欢呼，然后就是你一杯我一杯的痛饮。我坐在吧台边，看着酒吧里狂魔乱舞的人们，心境苍老，不由长长地叹了一口气。

老白作为一个酒量超群的东北汉子，在人群中喝得面红耳赤，过了好一会儿，才被已经彻底疯魔的众人给放了回来。他坐在我身边，看着满屋子的人都疯脱了形，满心感慨地劝我：“老兄啊，你也赶紧找个人吧。”我看他一脸媒婆样，翻了个白眼。

这个时候，旁边凑过来一个喝得烂醉的男人，嘟嘟囔囔地说：“老白，我说你到底图苏沁什么啊，这样的骗子你居然也……”

我脑子里嗡的一声，还没反应过来，那个男人已经说完了醉话，被老白怒吼着一拳打到了酒吧中央。整个酒吧顿时安静下来，在看清倒在地上的男人时，苏沁的表情从喜悦的潮红渐渐褪成见了鬼般的惨白。

我也看清了那张脸，叫不出名字，但我知道那是谁。那是我和苏沁高中时的学长，一个曾经在高中时代疯狂追求过苏沁的男人。他怎么会在这里？又是怎么认识老白的？后来老白告诉我，那是他大学社团的朋友，毕业后就一起去了北京发展。

真是无巧不成书。

那个男人猛然被打，一咕噜从地上爬起来，不服气地嚷嚷着：“我又没有说错！苏沁算个什么高材生……”

他乘着一腔醉意，把苏沁的过去愤愤然吐了个干净。我早就从椅子上下来，站在原地，骨血冰凉的看着老白冲上去和那个男人扭打在一起。苏沁仿佛灵魂出窍般地站在原地，一双黑漆漆的眼睛再次毫无意识地淌下眼泪，惊慌的眼神，看着我。我深深地吸了口气，上去把老白扯了下来。

那个没事找事的男人被打得半死，我掏出手机打120，然后让酒吧里聚集的好友们自行散去。120来了一辆车把那个男人拉走，我站在酒吧门后送走救护车，想到还在酒吧里对峙的一对男女，深深吸了口气，转身回去。

他们明显已经经过了一场争吵，老白脸色难看，苏沁苍白的脸因为过分激动，染上病态的嫣红。我进去的时候，正好听见苏沁凄厉地哭喊："我以前是走错了路！但是我现在是真的想好好生活了！我不是故意想骗你，我不是！"

老白扶着吧台，站在离苏沁很远的地方，垂下的眼睛里静静地淌着眼泪。我站在他们中间，闭了闭眼。

梦碎了，他们该从那个虚幻的桃花源里找到归来的路了。

我看了一眼几近崩溃的苏沁，这一天，她走到人生幸福的巅峰，又被人一把推到崖底："苏沁，你先回去，我……"

老白靠着吧台慢慢地滑坐到地上，嘶声打断我的话："我没事，沈，你把苏沁送回去。”

苏沁眼睛又红了一圈，哽咽着说：“老白，不管你信不信，我是真的想跟你好好过的，可是……我做错了太多事情，我把自己糟蹋得太狠了。”

她把刚戴上不超过三个小时的戒指摘下来，冲上前塞回老白手里，哭着转身跑出了酒吧。老白呆呆地握着那枚戒指，看着我，说话的时候仿佛含着一把铁钉，字字句句带着痛苦的血腥气：“你去送她，把她安全地送回家……”

我转身出去，苏沁站在酒吧门口，呆呆地看着来往的车流。回过头看着我，漆黑空洞的眼睛里淌下两行泪：“我好后悔啊，我终于遇上想在一起过一辈子的男人了，可是我以前做过那么多错事，我还骗了他，我没有好名声去配他了。”

她说完这句话，突然回头往车水马龙中一迈。我来不及拉她，眼睁睁地看着她被一辆宝马车带到地上，车主惊慌失措地上前检查她的状况。

这个晚上，我第二次拨打急救电话，急救车把酒吧里剩下的三个人一起拉到了医院。医院里，老白看着手术室门口亮起的红灯，听完我对苏沁话语的转述，表情空白。不知过了多久，他突然拍了拍我的肩膀，淡淡地说：“兄弟，你得麻烦点，来东北参加我的婚礼了。”

我知道他已经下了决心，一声苦笑，调侃道："你就算跑到珠穆朗玛峰上结婚，我这个伴郎也跑不了啊。"老白哈哈一乐。

好在苏沁只是轻微脑震荡和骨折，在医院休养一个月后，就出院和老白回东北去了。我去机场送他们，苏沁素着一张大病初愈的脸，挽着老白的手，脸上的表情愉悦而满足。我第一次觉得，他们真是一对璧人。

桃花源的梦境碎裂了，他们还是选择在废墟之上重新开始，不知归路，不必知归路。这也是一种选择，我祝他们幸福。

我们每个人都有过去，没有什么是一定的，都是在碰，在等，在慢慢寻找。是过去的种种经历造就了现在的我们，如果她没有那些过去，今天的她不会懂得如何爱你，也不会懂得珍惜你。过去造就了今日的她，遇上你，她花光了所有的运气。请不要计较她的过去，我们每个人又何尝不是在边走边学边成长？

我相信他们一定会幸福。